Herr Münchhausen

ist ein wahrer Bericht über einige der jüngsten
Abenteuer jenseits des Styx des verstorbenen
Hieronymus Carl Friedrich, des ehemaligen Baron
Münchhausen von Bodenwerder

John Kendrick Bangs

Writat

Diese Ausgabe erschien im Jahr 2024

ISBN: 9789359945811

Herausgegeben von
Writat
E-Mail: info@writat.com

Inhalt

Ich
treffe auf den alten Herrn

ES gibt Momente höchster Verlegenheit im Leben von Menschen, die der Wahrhaftigkeit verfallen sind – tatsächlich war es meine eigene ungewöhnliche Erfahrung im Leben, dass die Wahrheit, an der man festhält, doppelt so schwer ist wie eine Lüge, die so offensichtlich ist, dass niemand dadurch getäuscht wird am Anfang. Ich kann meinem Freund Caddy Barlow nicht ganz zustimmen, der sagt, dass es in einer angespannten Situation besser ist, sofort zu lügen und damit Schluss zu machen, als die Wahrheit zu sagen, für deren Erklärung vierzig weitere Wahrheiten nötig wären, aber das muss ich gestehen In meinen vierzig Jahren absoluter und gewissenhafter Hingabe an die Wahrheit habe ich mich in viel tieferen Löchern wiedergefunden, als alle meine verlogensten Freunde jemals gerieten. Ich habe jedoch nicht vor, zu dieser späten Stunde die Göttin, die ich immer verehrt habe, im Stich zu lassen, weil sie mich über einen holprigen und steinigen Weg führt, und was auch immer die Strapazen sein mögen, die mein Werben mit sich bringt, ich habe bis zum Schluss vor, die Ewigkeit zu bleiben treuer Sklave von Mademoiselle Veracité. All dies erwähne ich hier in einleitender Stimmung und um, soweit es mir möglich ist, den ungläubigen und schnüffelnden Leser zu entwaffnen, der dazu neigen könnte, an der Wahrheit meiner Geschichte über die Entstehung des Manuskripts zu zweifeln Die folgenden Seiten gelangten in meinen Besitz. Ich bin mir völlig bewusst, dass die Geschichte für einige absolut und unerträglich unmöglich erscheinen wird. Ich weiß, wenn irgendjemand anders als ich es mir sagen würde, würde ich es nicht glauben. Doch trotz dieser Nachteile ist die Geschichte in allen Einzelheiten, sowohl im Wesentlichen als auch im Übrigen, absolut wahrheitsgetreu.

Die Fakten sind kurz gesagt:

Es war zunächst einmal kein dunkler und trostloser Abend. Der Schnee fiel nicht lautlos und hüllte eine traurige und düstere Welt in einen weißen Mantel, und über dem dunklen Moor stieg kein dichter Nebel auf, wie es so oft der Fall ist. Es gab kein herzergreifendes Stöhnen bitterer Winde durch die blattlosen Zweige; Soweit mir bekannt war, ertönte im Umkreis von zwanzig Meilen um meine Vogtei nichts; und mein Hund, der vor einem lodernden Kaminfeuer in meiner Bibliothek lag, gab nicht gelegentlich ein besorgtes Knurren von sich, das auf die Anwesenheit oder Annäherung eines unheimlichen Besuchers aus anderen und mysteriösen Bereichen hindeutete: und das aus zwei guten Gründen. Der erste Grund ist, dass es Hochsommer war, als das Ding passierte, sodass ein loderndes Kaminfeuer in meiner Bibliothek sowohl eine Extravaganz als auch ein Anachronismus gewesen wäre. Das zweite ist, dass ich keinen Hund habe. Tatsächlich war an der ganzen Erfahrung nichts Ungewöhnliches oder Unheimliches. Es war ein heller und etwas zu sonniger Julitag, was an den Ufern des Hudson nichts Ungewöhnliches ist. Man konnte die Hitze sehen, und wenn irgendetwas gerauscht hatte, konnte es nur das Quecksilber in meinem Thermometer gewesen sein. Ich muss sagen, dass dies nervös am oberen Ende der Glasröhre klickte und den außergewöhnlichen Wunsch zum Ausdruck brachte, höher zu klettern, als die Länge der Röhre erlaubte. Übrigens darf ich, auch wenn man es nicht glaubt, hinzufügen, dass die Hitze so stark war, dass das Quecksilber tatsächlich das ganze Thermometer anderthalb Fuß über den Kaminsims emporhob, und zwar zwei tödliche Stunden lang, von Mittag bis zwei Uhr Die Klosteruhr hielt sie dort in der Luft hängend, ohne sichtbare Stützmittel. Kein Lufthauch bewegte sich, und die einzigen Geräusche, die man hörte, waren das immer größer werdende Knarren der Balken meines Hauses, die an diesem Tag acht Fuß breiter wurden und eine Höhe annahmen, die es wie eine Drei statt einer Zwei erscheinen ließ Geschichte Wohnung. Im Haus wurde wenig gearbeitet. Die Kinder spielten in ihren Badeanzügen herum, und der einzige andere aktive Faktor in meinem Leben im Moment war unser Angestellter, der im Keller damit beschäftigt war, Wasser auf die Ofenkohle zu gießen, damit diese nicht selbst entzündete.

Wir hatten gerade zu Mittag gegessen, brannten uns die Kehlen vom Eistee und schluckten mit erheblichem Unbehagen das köchelnde, kalte gebratene Filet herunter, das wir hastig essen mussten, bevor die Hitze des Tages es in geräuchertes Rindfleisch verwandelte. Mein jüngster Sohn Willie schwitzte so stark, dass wir ernsthaft darüber nachdachten, einen Klempner zu holen, um seine Poren zu verlöten, und ich selbst habe drei Sommer meines Lebens in der Wüste der Sahara verbracht, um mich von nervösen Schüttelfrost zu befreien, denen ich ausgesetzt bin Als ich einst ein unglückliches Thema war, musste ich zum ersten Mal in meinem Leben zugeben, dass es unerträglich warm war. Und dann klingelte das Telefon.

"Großartiger Scott!" Ich schrie: „Wer zum Teufel will wohl an einem Tag wie diesem Golf spielen?" – denn heutzutage wird unser Telefon zu keinem anderen Zweck verwendet als zum Eingehen oder Abbrechen von Golfverpflichtungen.

„Ich", rief mein ältester Sohn, dessen Grammatik seiner Aktivität noch nicht ebenbürtig ist. "Ich werde gehen."

Der Junge schoß aus dem Esszimmer, rannte zum Telefon und kam nach wenigen Augenblicken mit der Erklärung zurück, dass ein Herr mit heiserer Stimme, dessen Name ihn nichts angeht, mit mir über eine Angelegenheit sprechen wollte, die mir wichtig wäre.

Ich wollte nicht gehen. Meine Freunde, die Buchagenten, hatten sich seit kurzem angewöhnt, mich telefonisch anzusprechen, und ich befürchtete, dass es sich hier um einen weiteren schändlichen Versuch handelte, mir eine 38-bändige Boulevardausgabe von „ *Die schlechteste Literatur der Welt*" *aufzuzwingen.* Dennoch habe ich mich klugerweise entschlossen, zu antworten.

„Hallo", sagte ich und legte meine Lippen auf den Gummibecher. „Hallo, wer will 91162 Nepperhan?"

"Sind Sie das?" kam die Antwortfrage, und wie mein Junge angedeutet hatte, mit einer Stimme, deren Hauptcharakteristik die Heiserkeit war.

„Ich schätze schon", antwortete ich scherzhaft; „Es war heute Morgen, aber die Hitze hat mir etwas zugesetzt, und ich fühle mich nicht mehr ganz so wie ich selbst, wie ich vielleicht hätte." Was kann ich für Dich tun?"

„Nichts, aber man kann viel für sich tun", war die verblüffende Antwort. „Ziemlich heiß auf literarische Arbeit, nicht wahr?" fügte die Stimme mitfühlend hinzu.

„Sehr", sagte ich. „Tatsache ist, dass ich heutzutage anscheinend nichts anderes tun kann als zu schwitzen."

"Das ist was ich dachte; Und wenn du nicht arbeiten kannst, steht dir der Ruin ins Gesicht, oder? Jetzt habe ich ein Manuskript —"

"Oh Gott!" Ich weinte. "Nicht. Es gibt Millionen im selben Fix. Sogar mein Koch schreibt."

„Das weiß ich nicht", erwiderte er sofort. „Aber ich weiß, dass in meinem Manuskript Millionen stehen. Und Sie können es auf Anfrage haben. Wie ist das für ein Angebot?"

„Sehr nett, danke", sagte ich. „Was ist die Natur Ihrer Geschichte?"

„Es ist äußerst gutmütig", antwortete er prompt.

Ich lachte. Die Wendung hat mich amüsiert.

„Das habe ich nicht genau gemeint", sagte ich, „obwohl es einen gewissen Einfluss auf die Situation hat. Ist es ein Dandy von Henry James oder trägt es das Zeichen von Caine? Ist es Realismus oder Fiktion?"

„Realismus", sagte er. „Fiktion ist nicht mein Fachgebiet."

„Nun, ich werde es dir sagen", antwortete ich; „Sie schicken es mir per Post und ich schaue es mir an. Wenn ich es nutzen kann, werde ich es tun."

„Das geht nicht", sagte er. „Wo ich bin, gibt es kein Postamt."

"Was?" Ich weinte. „Keine Post? Wo im Hades bist du?"

„Gehenna", antwortete er kurz. „Der Transport zwischen Ihrem und meinem Land erfolgt ausschließlich in eine Richtung", fügte er hinzu. „Wenn das nicht der Fall wäre, würde die Bevölkerung hier zurückgehen."

„Wie zum Teufel soll ich dann an deine Sachen kommen?" Ich forderte.

"Das ist einfach. Schicken Sie Ihren Stenographen ans Telefon und ich diktiere es", antwortete er.

Die Neuartigkeit der Situation gefiel mir. Selbst wenn mein neu gefundener Bekannter eine lustige Person wäre, die näher als Gehenna wäre und versuchen würde, mir einen Streich zu spielen, könnte es sich dennoch lohnen, an die Geschichte zu kommen, die er zu erzählen hatte. Daher stimmte ich seinem Vorschlag zu.

„In Ordnung, Sir", sagte ich. „Ich werde es tun. Ich werde ihn morgen früh um Punkt neun Uhr hier haben. Was ist deine Nummer? Ich rufe dich an."

„Das ist egal", antwortete er. „Ich bin lediglich ein Tapster in Ihren Leitungen. Sobald ich gefrühstückt habe, rufe ich *dich an, dann können wir uns an die Arbeit machen.*"

„Sehr gut", sagte ich. „Darf ich Sie nach Ihrem Namen fragen?"

„Sicherlich", antwortete er. „Ich bin Münchhausen."

"Was? Der Baron?" Ich brüllte vor Freude.

„Nun – ich war früher Baron", erwiderte er mit einem Anflug von Traurigkeit in der Stimme, „aber hier in Gehenna sind wir alle gleichberechtigt. Ich bin jetzt einfach Herr Münchhausen aus dem Hades. Aber das ist ein Detail. Vergiss es nicht. Neun Uhr. Auf Wiedersehen."

„Warten Sie einen Moment, Baron", rief ich. „Wie wäre es mit den Lizenzgebühren für dieses Buch?"

„Behalten Sie sie für sich", antwortete er. „Wir haben hier Geld zum Verbrennen. Sie sind herzlich eingeladen, alle irdischen Rechte des Buches wahrzunehmen. Ich bin mit der Rendite der Asbestos Edition zufrieden, die bereits im 468.000er-Bereich liegt. Auf Wiedersehen."

Es gab ein Rasseln, als der Hörer aufgelegt wurde, ein kurzes, scharfes Klicken und ein Klingeln, und mir wurde klar, dass er weg war.

Am nächsten Morgen traf mein Stenograph auf eine telegrafische Vorladung hin ein, und als ich ihm die Situation erklärte, war er ungläubig, aber Befehle waren Befehle und er blieb. Ich konnte jedoch sehen, dass er, als es neun Uhr näher rückte, sichtlich nervös wurde, was darauf hindeutete, dass er mir sowieso halb glaubte, und als um neun vor der Sekunde das scharfe Klingeln des Telefons an unsere Ohren drang, zuckte er zusammen, als ob er war erschossen worden.

„Hallo", sagte ich noch einmal. „Das bist du, Baron?"

„Das Gleiche", antwortete die Stimme. „Stenograph bereit?"

„Ja", sagte ich.

Der Stenograph ging zum Schreibtisch, hielt den Hörer an sein Ohr und verkündete mit zitternder Stimme seine Anwesenheit. Es kam eine Art Antwort, und dann bemerkte er ruhiger: „Feuer voraus, Herr Münchhausen" und begann schnell in Stenografie zu schreiben.

Zwei Tage später überreichte er mir eine maschinengeschriebene Kopie der folgenden Geschichten. Der Leser wird feststellen, dass es sich um Interviews handelt, und es sollte hier erwähnt werden, dass sie ursprünglich in den Kolumnen der Sonntagsausgabe der *Gehenna Gazette erschienen* , einer Veröffentlichung des Hades, die ausschließlich unter den besten Leuten dieses Landes verbreitet wird. und die, wenn der Bericht wahr ist, keine Zeile drucken würde, die nicht in die Hände von Kindern gelegt werden könnte und zu deren Kolumnen Schriftsteller wie Chaucer, Shakespeare, Ben Jonson, Jonah und Ananias häufig Beiträge schreiben.

Laut Aussage von Herrn Münchhausen fanden tatsächlich alle hier aufgeführten Interviews zwischen ihm als Schulleiter und dem Hon. statt. Henry B. Ananias als Reporter oder wurden von diesem vor der Veröffentlichung gewissenhaft redigiert.

II
DIE SPORTLICHE TOUR DES HERRN. MÜNCHAUSEN

„ GUTEN Morgen, Herr Münchhausen", sagte der Interviewer der *Gehenna Gazette* , als er die Wohnung des berühmten Reisenden im Hotel Deville betrat, wo der verstorbene Baron gerade von seiner Sporttour in den Blue Hills von Cimmerien und anderswo angekommen war.

„Das Interesse der Wahrheit, mein lieber Ananias", antwortete der Baron und ergriff meine herzliche Hand, „erfordert, dass ich meine Meinung zum Ausdruck bringe, dass es kein guter Morgen ist." Tatsächlich, mein guter Freund, ist es ein sehr schlechter Morgen. Kannst du nicht sehen, dass es draußen in Strömen regnet?"

„Sir", sagte ich mit einer Verbeugung, „ich akzeptiere den Geist Ihrer Korrektur, aber nicht den Buchstaben. Es regnet tatsächlich, Sir, wie Sie vermuten, aber da ich selbst auf dem Weg hierher hindurchgekommen bin, kann ich persönlich bezeugen, dass es regnet, und meines Wissens ist noch keine einzige Katze oder ein einziger Hund aus den Wolken gefallen auf die ausgedörrte Erde, obwohl ich erfahren habe, dass unten an der Küste ein Elefant und drei Kühe auf eines der Sommerhotels gefallen sind und das Dach irreparabel beschädigt haben."

Herr Münchhausen lachte.

„Es ist merkwürdig, Ananias", sagte er, „welche Verfechter der Wahrheit du und ich geworden sind."

„Das ist es tatsächlich, Münchhausen", erwiderte ich. „Die Auswirkungen dieses Klimas wirken Wunder auf uns. Und das ist auch gut so. Sie und ich werden von diesen Ausflüchten des 20. Jahrhunderts übertroffen, über die Nachzügler aus der Oberwelt so seltsame Dinge erzählen. Sie sagen mir, dass Lügen zu einem Geschäft geworden sei und nicht mehr zu den Künsten oder Berufen gehöre."

„Ah, ich!" seufzte der Baron mit einem retrospektiven Blick im Blick, „Lügen ist nicht mehr das, was es einmal war, Ananias, in deinen und meinen Tagen. Ich fürchte, es ist zu einer der verlorenen Künste geworden."

„Ich habe es selbst bemerkt, mein Freund, und erst gestern Abend habe ich dasselbe bei meiner geliebten Sapphira beobachtet, die sich über die Transparenz der modernen Lüge beklagte und sagte, dass das Lügen heute nicht besser sei als die Wahrheit. In unserer Zeit hatte eine Ausflüchte die ganze undurchsichtige Schönheit eines schillernden Stücks Glas, während sie heute in den meisten Fällen wie ein großes vulgäres Spiegelglasfenster ist, durch das wir deutlich die hässlichen Wahrheiten sehen können, die sich dahinter verbergen . Aber, Sir, ich bin hier, um von Ihnen keine Abhandlung über die verlorene Kunst des Lügens zu erhalten, sondern um eine Vorstellung von den Ergebnissen Ihrer sportlichen Tour zu erhalten. Sie haben geangelt, gejagt, Golf gespielt und zweifellos noch andere Dinge getan. Sie hatten natürlich Glück und haben den größten Fang der Saison gemacht; Das ganze Spiel in Sichtweite geschossen und jeden Silber-, Gold- und Zinn-Golfbecher aller Schöpfungen gewonnen?"

„Du sprichst die Wahrheit, Ananias", erwiderte Herr Münchhausen. „Mein Glück *war* wunderbar – selbst für jemanden, der so außergewöhnlich viel Glück hatte wie ich. Ich habe drei Tonnen gesprenkelter Schönheiten mit einem einzigen Wurf einer gewöhnlichen Pferdepeitsche in den Blue Hills erbeutet und bin nur mit einer seidenen Leine und einem Elritzenhaken gelandet auf dem Deck meiner Dampfjacht ein Wal von gewaltigen Ausmaßen; Ich habe jede Art von Spiel in Hülle und Fülle geschossen, und in meinem Golfspiel gab es niemanden, dem ich nicht mit Leichtigkeit sieben von neun Löchern geben und ihn schlagen konnte."

"Sieben?" sagte ich und konnte nicht verstehen, wie der Ex-Baron Recht haben könnte.

„Sieben", sagte er selbstgefällig. „Sieben bei der ersten und sieben bei der zweiten Neun; vierzehn in allen achtzehn Löchern."

„Aber", rief ich, „ich verstehe nicht, wie das sein könnte." Mit vierzehn von den achtzehn Löchern, die Ihrem Gegner zugeteilt wurden, wären Sie, selbst wenn Sie den Rest gewonnen hätten, immer noch zehn im Rückstand."

„Stimmt, mit gewöhnlichen Berechnungsmethoden", erwiderte der Baron, „aber ich habe sie aufgrund einer Formsache zurückbekommen, von der ich behaupte, dass sie eine neue und wertvolle Entdeckung im Spiel ist." Sie sehen, es ist unmöglich, mehr als ein Loch gleichzeitig zu spielen, und ich habe dem Komitee der Grünen stets bewiesen, dass mein Gegner die physischen Möglichkeiten der Situation verletzt hat, indem er vierzehn Löcher auf einmal genommen hat. In jedem Fall wurde dieser Punkt akzeptiert, denn wenn wir den Golfspielern erlauben, über ihre körperlichen Möglichkeiten hinauszuwachsen, ist das Spiel verloren. Die Integrität der Karte ist die Seele des Golfsports", fügte er sentimental hinzu.

„Erzähl mir von dem Wal", sagte ich einfach. „Mit einer einfachen Seidenleine und einem Elritzenhaken haben Sie einen großen Wal auf dem Deck Ihrer Yacht gelandet."

„Nun, es ist eine schwierige Geschichte", antwortete der Baron und reichte mir eine Zigarre. „Aber es ist wahr, Ananias, wahr bis zum letzten Wort. Ich habe Aale geangelt. Als ich an einem sehr warmen Nachmittag zu Beginn meiner Reise auf dem Deck der *Lyre saß, köderte ich einen Elritzenhaken und ließ ihn über Bord fallen.* Es war der härteste Tag auf See, den ich je erlebt habe. Die Wellen waren berghoch, und es ist eine traurige Tatsache, dass einer unserer Besatzungsmitglieder, die auf dem Hauptdeck saßen, in der Gischt der rauschenden Wellen ertrank. Zu meinem Glück befand sich direkt hinter meinem Liegestuhl, an dem ich festgezurrt war, ein leistungsstarker elektrischer Ventilator, der die Gischt von mir wegblies, sonst hätte auch ich das gleiche schreckliche Schicksal erleiden müssen. Plötzlich kam es zu einem Ruck an meiner Leine. Ich war zu diesem Zeitpunkt im Halbschlaf und ließ die Leine unwillkürlich auslaufen, war aber hellwach genug, um zu wissen, dass etwas Größeres als ein Aal den Haken gepackt hatte. Ich hatte entweder einen Leviathan oder einen Wrack gefangen. Vorsicht und Geduld, die Haupteigenschaften eines guten Anglers, waren erforderlich. Ich zog die Leine ein, bis sie straff war. Es waren tausend Meter davon entfernt, und als es den Punkt der Spannung erreichte, gab ich den Ingenieuren den Befehl, näher an das Objekt am anderen Ende heranzufahren. Wir dampften fünfhundert Meter weiter, während ich unterdessen meine Leine einholte. Dann kam ein weiterer Ruck und ich ließ zehn Yards hinaus. „Dampf näher", sagte ich. „Dreihundert Meter südsüdwestlich und nordöstlich." Die Yacht gehorchte sofort. Ich rief den Kapitän an und ließ ihn die Leitung abtasten. „Was denkst du, ist es?" sagte ich. Er zog ein halbes Dutzend Mal. „Fühlt sich an wie ein Haken", sagte er, „aber da es hier draußen keinen Haken gibt, denke ich, dass es ein Fisch sein muss." 'Welche Art?' Ich fragte. Ich konnte nur zustimmen, dass er das Meer und seine Bewohner besser kannte als ich. „Nun", antwortete er, „es ist entweder eine Seeschlange oder ein Wal." Schon bei der bloßen Erwähnung des Wortes „Wal" wurde ich wachsam. Ich wollte schon immer einen Wal töten. „Kapitän", sagte ich, „könnten Sie nicht einen Anker an einer Tross befestigen, die Wale mit einer Boa constrictor ködern und auf ihn achten?" Er sah mich verächtlich an. „Wale fressen Fisch", sagte er, „und sie beißen nicht an Ankern." „Wale haben Gehirne, Wale haben." 'Was sollen wir tun?' Ich fragte. „Dampf näher", sagte der Kapitän, und wir taten es."

Münchhausen holte tief Luft und schwieg zunächst.

"Also?" sagte ich.

„Nun, Ananias", sagte er. „Wir haben beschlossen, zu warten. Wie der Kapitän zu mir sagte: „Fishin wartet." Also warteten wir. „Überreden Sie ihn", sagte der Kapitän. 'Wie können wir das machen?' Ich fragte. „Aus Freundlichkeit", sagte er. „Behandle ihn sanft und überzeugend, und er wird kommen." Wir warteten vier Tage, und niemand rührte sich, und ich wurde des Überredens müde. „Wir müssen etwas tun", sagte ich zum Kapitän. „Ja", sagte er, „lass uns *ihn* bewegen." Er scheint nicht auf Freundlichkeit zu reagieren.' 'Aber wie?' Ich weinte. „Geben Sie ihm einen Elektroschock", sagte der Kapitän. „Sende ihm, dass seine Mutter krank ist, und vielleicht bewegt ihn das." „Kannst du nicht näher an ihn herankommen?" fragte ich und ärgerte mich über seine scherzhafte Art. „Das kann ich, aber es wird ihn abschrecken", antwortete der Kapitän. Also richteten wir alle unsere Batterien auf das Meer. Der Dynamo schoss seine Bolzen aus und gegen vier Uhr nachmittags wurde der Wal durch magnetischen Einfluss an die Seite *der Leier gezogen*. Er war eine Schönheit, Ananias", fügte Münchhausen begeistert hinzu. „So einen Wal hat man noch nie gesehen. Sein Rücken war so breit wie das Deck eines Ozeandampfers und in seiner Länge übertraf er die Ausmaße der *Leier* um sechzig Fuß."

„Da war der Wal, der durch magnetischen Einfluss an die Seite *der Leier gezogen wurde*." *Kapitel II*.

„Und du hast ihn trotzdem an Deck?" Ich fragte: „Ich, Ananias, der einer Übertreibung etwas entgegensetzen kann."

„Ja", sagte Münchhausen und zündete sich seine Zigarre an, die erloschen war. „Ein weiterer Sturm kam auf und wir rollten und rollten und rollten, bis ich dachte, *die Lyre* würde kentern."

„Aber warst du nicht Seekrank?" Ich fragte.

„Hatte keine Chance dazu", sagte Münchhausen. „Ich habe die ganze Zeit an den Wal gedacht. Schließlich kam es zu einer Welle, bei der wir völlig untergingen, und durch einen leichten Zug an der Leine wurde der Wal durch die Kraft der Welle gelandet und direkt auf das Deck gelegt."

„Tolle Saphira!" sagte ich. „Aber du hast gerade gesagt, er sei breiter und länger als die Yacht!"

„Das war er", seufzte Münchhausen. „Er landete auf dem Deck und durch die bloße Kraft seines Gewichts ging die Yacht unter ihm unter. Ich schwamm an Land und die ganze Crew mit mir. Am nächsten Tag trieb Mr. Whale erdrosselt herein. Er hatte die tausend Meter langen Leine verschluckt und sie verfing sich so sehr in seinen Mandeln, dass er erstickte. Kommen Sie nächste Woche vorbei und ich gebe Ihnen ein paar Pfund Fischbein für Frau Ananias und so viel Öl, wie Sie tragen können."

Ich dankte dem alten Herrn für sein freundliches Angebot und versprach, davon Gebrauch zu machen, obwohl es als Zeitungsmann gegen meine Grundsätze verstößt, Geschenke von Persönlichkeiten des öffentlichen Lebens anzunehmen.

„Es war großes Glück, Baron", sagte ich. „Zumindest wäre es so gewesen, wenn Sie Ihre Yacht nicht verloren hätten."

„Das war auch großes Glück", stellte er lässig fest. „Es hat mich zehntausend Dollar pro Monat gekostet, diese Yacht in Betrieb zu halten. Jetzt, wo sie weg ist, spare ich mir das alles. Warum es so ist, als würde man auf der Straße Geld finden, Ananias. Sie war nicht mehr als fünfzigtausend Dollar wert, und in sechs Monaten werde ich zehntausend Dollar voraus sein."

Ich konnte die fröhliche Philosophie des Mannes nur bewundern, war aber nicht überrascht. Münchhausen war nie der Typ Mann, der sich von Kleinigkeiten beunruhigen ließ.

„Aber dieses Walgeschäft hatte keinen Einfluss auf meinen Fang von drei Tonnen Forellen mit einem einzigen Peitschenwurf in den Blue Hills", sagte der Baron nach ein paar Momenten der Meditation, während derer ich sehen konnte, dass er sammelte sorgfältig seine Fakten.

„Ich habe noch nie etwas Ähnliches gehört", sagte ich. „Sie müssen einen Bohrturm benutzt haben."

„Nein", antwortete er höflich. "Nichts der gleichen. Es war die einfachste Sache der Welt. Es war ungefähr fünf Uhr nachmittags, als ich mit meinen drei Führern und meinem Diener die kurvenreiche Straße des Great Sulphur Mountain hinauffuhr, auf dem Weg zum Blue Mountain House, wo ich ein paar Tage übernachten wollte. Ich hatte einen dieser großen Gebirgswagen mit einem überdachten Dach, wie sie die Pioniere in den amerikanischen Ebenen verwendeten, mit sechs tollen Pferden am Vorderwagen. Ich hatte die Zügel selbst in der Hand, da wir mitten in einem schrecklichen Gewitter waren und ich mich sicherer fühlte, wenn ich selbst fuhr. Alle Laschen des Ledereinbandes waren seitlich und hinten herabgelassen und sicher befestigt. Die Straßen waren ungewöhnlich beschwerlich, und als wir den letzten großen Hügel vor dem See erreichten, gingen alle außer mir zu Fuß, um den Pferden Erleichterung zu verschaffen. Plötzlich schreckte eines der Pferde mitten im Aufstieg zurück, und in einem Moment der Ungeduld versetzte ich ihm einen stechenden Peitschenhieb, als alle sechs wie ein Wirbelwind zur Seite auswichen und mit voller Geschwindigkeit nach oben rannten. Der Ruck und das unerwartete Ausbrechen des Wagens warfen mich von meinem Sitz und ich landete glücklicherweise unverletzt, frei von den Rädern, im weichen Schlamm der Fahrbahn. Als ich aufstand, war das Team außer Sichtweite und wir mussten den Rest der Strecke bis zum Hotel zu Fuß zurücklegen. Stellen Sie sich unsere Überraschung vor, als wir dort ankamen und die sechs keuchenden Rosse und den Wagen vor dem Haupteingang des Hotels standen, tropfend, als wären sie durch die Niagarafälle gegangen, und, glauben Sie es, Ananias, in der Lederhülle des Hotels Auf dem Wagen, so dicht wie Sardinen, waren nicht weniger als dreitausend Forellen, keine einzige wog weniger als ein Pfund und einige sogar bis zu vier. Der ganze Fang wog etwas über sechstausend Pfund."

„Großer Himmel, Baron", rief ich. „Wo zum Teufel kamen sie her?"

„Das habe ich mich gefragt", sagte der Baron leichthin. „Auf den ersten Blick erschien es verblüffend, aber die Untersuchung ergab, dass es sich letztendlich um eine sehr einfache Angelegenheit handelte. Nachdem die Ausreißer die Spitze des Hügels erreicht hatten, bogen sie nach links ab und stolperten weiter hinab zur Brücke über die Bucht zum See. Die Brücke brach unter ihrem Gewicht und die Pferde kämpften bald im Wasser. Das Geschirr war stark und der Wagen verließ sie nie. Sie mussten dafür schwimmen, und ein kleiner Junge, der damals am See fischte, erzählte mir, dass sie direkt darüber schwammen und den Wagen hinter sich herzogen. Natürlich fungierte der Wagen mit seiner offenen Vorderseite und der begrenzten Rückseite und den Seiten als eine Art Schleppnetz, und als man das gegenüberliegende Ufer erreichte und den Wagen an Land zog, stellte sich heraus, dass er alle Fische angesammelt hatte, die nicht herauskommen konnten des Weges."

Der Baron nahm seine Zigarre wieder auf, und ich saß still da und betrachtete das großzügige Muster des Teppichs im Wohnzimmer.

„Ziemlich guter Fang für einen Nachmittag, oder?" sagte er in einer Minute.

„Ja", sagte ich. „Fast zu gut, Baron. Diese Pferde müssen wie die Teufel geschwommen sein, um so schnell vorbeizukommen. Man könnte meinen, die Forelle hätte Zeit gehabt zu entkommen."

„Oh, ich nehme an, einer oder zwei von ihnen haben das getan", sagte Münchhausen. „Aber die meisten von ihnen konnten es nicht. Die Pferde waren alle schnell, jedenfalls rekordverdächtig. Ich stelle nie ein Pferd ein, das das nicht tut."

Und damit verließ ich den alten Herrn und ging errötend zurück ins Büro. Ich zweifle keinen Moment an der Wahrheit der Geschichte des Barons, aber irgendwie habe ich das Gefühl, dass mein Ruf beim Schreiben dieser Geschichte in gewissem Maße auf dem Spiel steht.

HINWEIS : Herr. Auf Wunsch des Herausgebers der *Gehenna Gazette* , *unter* der Leitung von Sapphira einige Abenteuergeschichten für die Seite seines Kobolds zu schreiben, steuerte Münchhausen die Geschichten bei, die den Inhalt mehrerer der folgenden Kapitel bilden.

III
DREI MONATE IM BALLON

HERR MÜNCHHAUSEN sah nicht gut aus, aber die Kobolde mochten ihn sehr, er hatte so viele wundervolle Erinnerungen und war immer bereit, jedem, der zuhörte, alles über sich zu erzählen. Für die Himmlischen Zwillinge war er der größte Held, der je gelebt hatte. Napoleon Bonaparte war nach Herrn Münchhausens eigener Aussage nicht halb so kriegerisch wie er, der verstorbene Baron, und Cäsar war in seinen besten Tagen auch nicht halb so weise oder so mutig. Wie alt der Baron war, wusste niemand, aber er hatte auf jeden Fall lange genug gelebt, um die ganze Welt zu bereisen und jeder Art von Tod direkt ins Gesicht zu sehen, ohne mit der Wimper zu zucken. Er hatte gegen Zulus, Indianer, Tiger und Elefanten gekämpft – eigentlich gegen alles, was kämpft, dem der Baron begegnet war, und aus jedem Kampf war er als Sieger hervorgegangen. Er war der einzige Mann, den die Kinder jemals gesehen hatten, der im Kampf drei Beine verloren und sie nach dem Ende des Kampfes wiedererlangt hatte; Er war der einzige Besucher ihres Hauses, der sich im afrikanischen Dschungel verirrt hatte und drei Monate lang ohne Nahrung und Obdach umherirrte, und das Beste von allem war, dass er, wie er selbst zugab, der wahrhaftigste Erzähler außergewöhnlicher Geschichten war, den es je gab. Die Jugendlichen mussten dem Baron nur eine Frage stellen, egal welche Frage, um ihn mit einer Abenteuergeschichte zu beginnen, und da er den Vater der Zwillinge regelmäßig einmal im Monat besuchte, ließen die Kinder nicht lange auf sich warten indem er eine Sammlung von Geschichten zusammenstellte, neben denen die aufregendsten Episoden der Geschichte zu unbedeutenden Gemeinplätzen verblassten.

„Onkel Munch", sagten die Zwillinge eines Tages, als sie dem Besucher auf den Schoß kletterten und seine Krawatte durcheinander brachten, „bist du jemals in einem Ballon geflogen?"

„Nur einmal", sagte der Baron ruhig. „Aber ich hatte damals genug davon, um ein Leben lang zu reichen."

„Warst du schon lange dabei?" fragten die Zwillinge, holten die Uhr des Barons aus der Tasche und warfen sie Cerberus zu, der draußen vor dem Fenster bellte.

„Nun, es schien lang genug zu sein", antwortete der Baron und steckte seine Handtasche in die Innentasche seiner Weste, wo die Zwillinge sie nicht erreichen konnten. „Drei Monate auf dem Land zu verbringen, den ganzen Tag zu schlafen und die ganze Nacht Streiche zu spielen, scheint eine sehr kurze Zeit zu sein, aber drei Monate in einem Ballon und der ständige Angriffspunkt aus allen Quellen sind zu lang, um sich zu trösten."

„Waren Sie ganze drei Monate in der Luft?" fragten die Zwillinge mit weit aufgerissenen Augen vor Erstaunen.

„Alle bis auf zwei Tage", sagte der Baron. „Zwei dieser Tage ruhten wir in der Spitze eines Baumes in Indien. Die Sache war folgende: Ich war, wie Sie wissen, immer ein großer Günstling des Kaisers Napoleon von Frankreich, und als er sich in einem Krieg mit ganz Europa befand, antwortete er einem seiner Höflinge, der ihn davor warnte seine Armee war nicht in guter Verfassung: „Jede Armee ist auf den Krieg vorbereitet, deren Oberbefehlshaber Baron Münchhausen zu seinen Beratern zählt." „Lass mich Münchhausen zu meiner Rechten haben und ich werde gegen die Welt kämpfen." Also schickten sie nach mir, und da ich nicht sehr beschäftigt war, beschloss ich, den Franzosen zu helfen, obwohl die Alliierten und ich auch sehr gute Freunde waren. Ich habe es mir so ausgedacht: In diesem Kampf sind die Verbündeten die Stärkeren. Sie brauchen mich nicht. Napoleon tut es. Kämpfe für die Schwachen, Münchhausen, sagte ich mir, und so ging ich. Als ich in Paris ankam, ging ich natürlich sofort zum Palast des Kaisers und blieb an seiner Seite, bis er das Feld betrat. Danach blieb ich einige Tage zurück, um die Dinge für die kaiserliche Familie in Ordnung zu bringen. Unglücklicherweise für die Franzosen erfuhr der König von Preußen von meiner Verspätung beim Vormarsch an die Front und ließ seine Streitkräfte benachrichtigen, dass sie mich auf meinem Weg zu Napoleon unter allen Umständen abfangen sollten, und dies versuchten sie auch. Als ich mich nur noch zehn Meilen vom Hauptquartier des Kaisers entfernt befand, wurde ich von den Preußen angehalten, und hätte ich mir nicht für einen solchen Notfall einen Ballon besorgt, wäre ich gefangen genommen und im Königspalast in Berlin eingesperrt worden , bis der Krieg vorbei war.

„Da ich das alles vorhergesehen hatte, hatte ich einen großen Ballon mitgebracht, der in einem geheimen Teil meines Koffers verstaut war, und während mein Leibwächter mit den preußischen Truppen kämpfte, die ausgesandt wurden, um mich gefangen zu nehmen, bliesen ich und mein Kammerdiener den Ballon auf und sprangen hinein das Auto und befanden sich bald weit oben außerhalb der Reichweite des Feindes. Sie feuerten mehrere Schüsse auf uns ab, und einer von ihnen hätte den Ballon durchbohrt, wenn ich nicht mit einem seltenen guten Schuss mein eigenes Gewehr auf die Kugel abgefeuert und sie, wie es bei mir üblich ist, mitten in die Mitte traf, um sie abzulenken seinen Lauf und rettete so unser Leben.

„Es war meine Absicht gewesen, direkt über die Köpfe der angreifenden Gruppe hinweg zu segeln und am nächsten Morgen in Napoleons Lager abzusteigen, aber zu meinem Unglück kam in der Nacht ein starker Wind auf und der Ballon wurde von einer Nordwindwelle erfasst. und nach Afrika geweht, wo wir, direkt über der Sahara-Wüste schwebend, eine völlige Windstille erlebten, die uns zwei elende Wochen lang festhielt."

„Warum bist du nicht heruntergekommen?" fragten die Zwillinge: „War der Aufzug nicht in Betrieb?"

„Wir haben es nicht gewagt", erklärte der Baron und ignorierte den letzten Teil der Frage. „Hätten wir es getan, hätten wir einen großen Teil unseres Benzins verschwendet und unser Zustand wäre schlimmer als je zuvor gewesen. Wie ich Ihnen bereits sagte, befanden wir uns direkt über der Mitte der Wüste. Es gab keine Möglichkeit, daraus herauszukommen, außer durch lange und ermüdende Märsche über den heißen, brennenden Sand, wobei die Chancen groß waren, dass wir nie lebend herauskommen würden. Das Einzige, was wir tun konnten, war, dort zu bleiben, wo wir waren, und auf eine günstige Brise zu warten. Dies taten wir und mussten vier tödliche Wochen warten, bevor die Luft bewegt wurde."

„Das hast du vor einer Minute vor zwei Wochen gesagt, Onkel Munch", sagten die Zwillinge kritisch.

"Zwei? Saum! Nun ja, es waren zwei, wenn ich darüber nachdenke. Das ist ein natürlicher Fehler", sagte der Baron und strich sich etwas nervös über den Schnurrbart. „Sie sehen, zwei Wochen in einem Ballon über einer riesigen Sandwüste, in der man nichts anderes tun kann, als nach einer Brise zu pfeifen, entsprechen vier Wochen anderswo. Das heißt, es scheint so. Wie dem auch sei, nach zwei oder vier Wochen, was auch immer es war, kam endlich der Wind und etwa um Mitternacht ließen wir uns erneut direkt über einem arabischen Lager in der Nähe von Wady Halfa stranden. Es war wirklich eine gefährlichere Position als die erste, denn in dem Moment, als die Araber uns erblickten, begannen sie, verzweifelte Anstrengungen zu unternehmen, um uns zu Fall zu bringen. Zuerst lachten wir sie einfach nur aus und schnitten Grimassen, denn soweit wir sehen konnten, waren wir sicher außer Reichweite. Das machte sie wütend und sie beschlossen offenbar, uns zu töten, wenn sie könnten. Zuerst wollten sie uns lebend erlegen und als Sklaven verkaufen, aber unser Spott änderte alles, und was sollten sie tun, als eine Menge Waffen hervorzuzücken und anfingen, uns zu überhäufen.

„Ich werde sie gleich regeln', sagte ich mir und machte mich daran, meine eigene Waffe zu laden. Glaubst du es, ich habe herausgefunden, dass meine letzte Kugel diejenige war, mit der ich den Ballon vor dem preußischen Schuss gerettet hatte?"

„Gnade, wie nachlässig von dir, Onkel Munch!" sagte einer der Zwillinge. "Was hast du gemacht?"

„Ich warf eine Tüte Sandballast aus, so dass der Ballon gerade außerhalb der Reichweite ihrer Geschütze aufsteigen konnte, und dann, als ihre Kugeln ihren höchsten Punkt erreichten und wieder zurückfielen, streckte ich meine

Hand aus und fing sie mit einer Wasserkelle auf. Ziemlich nette Idee, oder? Damit lud ich mein eigenes Gewehr und erschoss jeden der feindlichen Partei mit seiner eigenen Munition, und als die letzten angreifenden Araber abfielen, stellte ich fest, dass noch genug Kugeln übrig waren, um den leeren Sandsack wieder zu füllen, so dass der verlorene Ballast vorhanden war nicht verpasst. Tatsächlich waren sie schwer genug, um den Ballon so nah an die Erde zu bringen, dass unser Ankerseil direkt über dem Lager baumelte, sodass mein Kammerdiener und ich, ohne unser Benzin zu verschwenden, hinunterklettern und alles sichern konnten die prächtigen Schätze an Teppichen, Seidenstoffen und seltenen Juwelen, die diese Räuber der Wüste im Laufe ihrer Raubzüge zusammengetragen hatten. Als diese im Auto verstaut wurden, kam eine weitere Brise auf, und für den Rest der Zeit schwebten wir untätig im Himmel umher und warteten auf einen geeigneten Landeplatz. Auf diese Weise wurden wir drei Monate lang über Land und Meer hin und her geschleudert, und schließlich wurden wir an einem hohen Baum in Indien zerschmettert, von wo aus wir mit Hilfe eines bequemen Elefanten, der zufällig in unsere Richtung kam, entkamen und auf dem wir triumphierend ritten nach Kalkutta. Die Schätze, die wir den Arabern entrissen hatten , mussten wir leider im Baum zurücklassen, wo sie vermutlich noch immer liegen. Ich hoffe, dass ich eines Tages zurückkomme und sie finde.“

„Als ihre Kugeln ihren höchsten Punkt erreichten und zurückfielen, streckte ich meine Hand aus und fing sie auf." *Kapitel III.*

Hier hielt Herr Münchhausen einen Moment inne, um zu Atem zu kommen. Dann fügte er seufzend hinzu. „Natürlich bin ich sofort nach Frankreich zurückgekehrt, aber als ich Paris erreichte, war der Krieg vorbei und der Kaiser befand sich im Exil. Ich war zu spät, um ihn zu retten – obwohl ich denke, wenn er noch sechzig oder siebzig Jahre länger gelebt hätte, wäre es mir gelungen, seinen Thron und seinen kaiserlichen Glanz wiederherzustellen."

Die Zwillinge starrten ein oder zwei Minuten lang schweigend ins Feuer. Dann fragte einer von ihnen:

„Aber wovon hast du die ganze Zeit gelebt, Onkel Munch?"

„Eier", sagte der Baron. „Eier und gelegentlich Fisch. Als mein Diener den Ballon fertig machte, hatte er die Weitsicht bewiesen, neben den Dingen, die ins Auto gepackt wurden, auch einen kleinen Hühnerstall mit sechs Hühnern als Haustier, die ich besaß, und ohne den ich nirgendwohin ging, mit einzuplanen. Diese legten jeden Tag genug Eier, um uns am Leben zu halten. Die Fische, die wir gefangen haben, als unser Ballon über dem Meer stand und unseren Anker mit Gummigasrohrstücken beköderte, die zum Aufblasen des Ballons verwendet wurden und die sehr ähnlich wie Würmer aussahen."

„Aber die Hühner?" sagten die Zwillinge. „Wovon haben sie gelebt?"

Der Baron errötete.

„Es tut mir leid, dass Sie diese Frage gestellt haben", sagte er mit leicht zitternder Stimme. „Aber ich werde antworten, wenn du versprichst, es niemandem zu erzählen. Es war das einzige Mal in meinem Leben, dass ich absichtlich ein Lebewesen getäuscht habe, und ich habe es immer bereut, obwohl unser Leben davon abhing."

„Was war es, Onkel Munch?" fragten die Zwillinge voller Ehrfurcht bei dem Gedanken, dass der alte Krieger jemals jemanden getäuscht hatte.

„Ich nahm die Eierschalen, mahlte sie zu Pulver und verfütterte sie an die Hühner. „Die armen Geschöpfe dachten, es sei Maismehl, das sie bekamen", gestand der Baron. „Ich weiß, es war gemein, aber was könnte ich tun?"

„Nichts", sagten die Zwillinge leise. „Und wir glauben nicht, dass es so schlimm von dir war. Mancher andere hätte sie so lange Eier legen lassen, bis sie verhungert wären, und dann hätte er sie getötet und aufgefressen. Du lässt sie leben."

„Das mag sein", sagte der Baron mit einem Lächeln, das zeigte, wie erleichtert sein Gewissen durch den Vorschlag der Zwillinge war. „Aber das konnte ich nicht, wissen Sie, weil es Haustiere waren. Ich bin von Kindheit an mit diesen Hühnern aufgewachsen."

Dann kletterten die Zwillinge, die ihm den Hut über die Augen drückten, von seinem Schoß herunter und gingen zu ihrem Spiel, fest davon überzeugt, dass der Baron, obwohl er ein mutiger Krieger war, doch ein außergewöhnlich freundlicher, weichherziger Mann war.

IV
EINIGE JAGDGESCHICHTEN FÜR KINDER

DIE Himmlischen Zwillinge waren während ihres Sommerurlaubs in den Bergen gewesen und hatten daher ihren guten alten Freund, Herrn Münchhausen, kaum gesehen. Er hatte sie ein- oder zweimal geschrieben, und sie fanden seine Briefe äußerst interessant, insbesondere den, in dem er erzählte, wie er oben in Maine mit seiner Waterbury-Uhrfeder einen Elch getötet hatte, und ich wundere mich nicht, dass sie sich darüber wunderten. denn es war eines der außergewöhnlichsten Ereignisse in den Annalen der Jagd. Es scheint, wenn man seiner Geschichte Glauben schenken darf, und ich bin sicher, dass keiner von uns, die ihn kennen, jemals Grund zu der Annahme gehabt hat, dass er absichtlich täuschen würde; Es scheint, sage ich, dass er für eine Woche zum Sport mit einem alten Bekannten aus der Armee nach Maine gefahren war, der mittlerweile ein Führer in dieser Region geworden war. Leider wurde sein Gewehr, das er sehr liebte und mit dem er zielsicher zielte, unterwegs irgendwie verloren, und als sie im Wald ankamen, waren sie völlig ohne Waffen; Aber Herr Münchhausen war nicht der Mann, der sich von solchen Kleinigkeiten einschüchtern ließ, vor allem nicht, wenn sein Freund eine alte Armeemuskete, ein Relikt aus dem Krieg, auf dem Dachboden seines Walddomizils aufbewahrt hatte.

„Das einzige Problem mit dieser Muskete", sagte der alte Führer, „ist nicht so sehr, dass sie nicht gerade schießt, und auch nicht, dass sie einen Tritt bekommt wie ein ungebrochenes Maultier." Was mir am meisten Angst macht, weil du mit ihr geschossen hast, ist nicht, dass ich glaube, dass sie auch nicht kaputtgeht, denn Tatsache ist, dass wir nichts haben, womit wir sie kaputtmachen könnten, wenn man bedenkt, wie knapp die Munition ist . Ich habe Pulver und Watte, aber ich habe keinen Schuss.

„Das macht keinen Unterschied", antwortete der Baron. „Wir können den Schuss machen. Gibt es im Lager Sanitäranlagen? Wenn ja, reißen Sie es heraus, und ich werde eine Wasserpfeife zu Kugeln einschmelzen."

„Nein, Sir", erwiderte der alte Mann. „Sanitärarbeiten sind eines der Dinge, vor denen ich hierher gekommen bin, um zu fliehen."

„Dann", sagte der Baron, „nutze ich meine Uhr als Munition. Es ist nur eine Drei-Dollar-Uhr und ich kann sie entbehren."

Mit dieser Entschlossenheit zerlegte Herr Münchhausen seine Uhr, eine gewöhnliche Uhr der altmodischen Art, und rammte, um es kurz zu machen, mehrere Tage lang, während die Einzelteile dieser nützlichen Sache in den Boden gerammt wurden Lauf der alten Muskete. Mit der Stammwickelkugel tötete er einen Adler; Mit Stücken der hinteren Abdeckung, die auf die

Feinheit eines mittelgroßen Schrots zerhackt waren, erlegte er mehrere andere Vögel, aber die größte Leistung von allen bestand darin, dass er mit nichts als der Uhrfeder im Lauf der Waffe auf Elche losging. Nachdem er es so fest wie möglich zusammengerollt, mit einem Stück Schnur befestigt und gut in die Waffe gerammt hatte, machte er sich auf die Suche nach dem edlen Tier, dessen Leben er im Sinn hatte. Nachdem er mehrere Stunden lang durch den Wald geschlendert war, stieß er auf Spuren, die ihm verrieten, dass seine Beute nicht weit entfernt war, und schon nach kurzer Zeit erblickte er ein prächtiges Geschöpf, dessen riesiges Geweih stolz in die Höhe gereckt war und dessen große Augen voller Trotz waren .

Einen Moment zögerte der Baron. Der Gedanke, ein so schönes Tier zu vernichten, schien seinem Wesen zuwider zu sein, das, so kriegerisch er auch ist, etwas von der Zärtlichkeit einer Frau an sich hat. Ein zweiter Blick auf das großartige Geschöpf änderte jedoch alles, denn der Baron erkannte, dass es notwendig war, zu schießen, um zu töten, denn das Tier war im Begriff, einen Kampf zu erzwingen, bei dem der Jäger selbst in die Defensive geraten würde.

„Ich werde dir nicht durch den Kopf schießen, meine Schönheit", sagte er leise, „und ich werde auch nicht dein wunderschönes Fell mit meiner Ladung durchstechen, aber ich werde dich auf eine neue Art töten."

Damit drückte er den Abzug. Das Pulver explodierte, die Schnur, die die lange schwarze Feder zu einer Spirale zusammenhielt, riss, und sofort schoss der Stahlstreifen in die Luft, direkt auf den Hals des stürmenden Elches zu und wickelte sich in seiner gesamten gewundenen Länge eng um die Kehle der zum Scheitern verurteilten Kreatur erwürgte ihn zu Tode.

Wie der Vater der Zwillinge sagte, verschaffte eine solche Leistung dem Baron zumindest einen hohen Platz in der Fiktion, wenn nicht sogar in der Geschichte selbst. Die Zwillinge waren über den Vorfall sehr aufgeregt, vor allem, als einem zu schlauen kleinen Kobold, der den Sommer in demselben Hotel verbrachte, in dem sie sagten, er habe es nicht geglaubt – aber er war ein Kobold, der es nie getan hatte Er hat eine billige Uhr gesehen, woher sollte er also wissen, was man mit einer Feder machen kann, die von einem großen, starken Mann nicht in weniger als zehn Minuten aufgezogen werden kann?

Was den Baron betrifft, so äußerte er sich sehr bescheiden über die Leistung, denn als er nach ihrer Rückkehr zum ersten Mal im Haus der Zwillinge erschien, hatte er tatsächlich alles vergessen und konnte sich tatsächlich überhaupt nicht an den Vorfall erinnern, bis Diavolo ihn brachte seinen eigenen Brief, als ihm natürlich die ganze Angelegenheit wieder einfiel.

„So wunderbar war es jedenfalls nicht", sagte der Baron. „Ich würde zum Beispiel nicht auf die Idee kommen, mit so etwas zu prahlen. Es war durch und durch eine einfache Angelegenheit."

„Und was hast du mit dem Geweih des Elchs gemacht?" fragte Angelica. „Ich hoffe, du hast sie mit nach Hause gebracht, denn ich würde sie gerne sehen."

„Das wollte ich", sagte der Baron und streichelte liebevoll die weichen braunen Locken der Zwillinge. „Ich wollte sie mit nach Hause nehmen, damit dein Vater sie als Hutablage verwenden kann, Liebes, aber sie waren zu groß. Als ich sie vom toten Tier entfernt hatte, stellte ich fest, dass sie so groß waren, dass ich sie nicht aus dem Wald herausbekommen konnte, so sehr verhedderten sie sich in den Bäumen. Ich hätte einen zwanzig Fuß breiten und sieben Meilen langen Weg freimachen müssen, um sie bis zur Hütte meines Freundes zu bringen, und danach hätten sie dreißig Meilen durch den Wald zum Expressbüro getragen werden müssen."

„Ich denke, es ist doch genauso gut", sagte Diavolo. „Wenn sie so groß wären, hätte Papa ein neues Haus bauen müssen, um sie unterzubringen."

„Genau", sagte der Baron. "Genau. Die gleiche Idee kam mir, und aus diesem Grund beschloss ich, mir nicht die Mühe zu machen, diese kilometerlangen Bäume abzuholzen. Das Geweih wäre in diesen schweren Zeiten ein sehr teures Geschenk für deinen Vater gewesen."

„Es war gut, dass du diese Uhr hattest", bemerkten die Zwillinge, nachdem sie über das Abenteuer des Barons nachgedacht hatten. „Wenn du das nicht gehabt hättest, hättest du den Elch nicht töten können."

„Sehr wahrscheinlich nicht", sagte der Baron, „es sei denn, ich hätte das tun können, was ich vor dreißig Jahren in Indien bei einer Männerjagd getan habe."

"Was?" riefen die Zwillinge. „Gibt es in Indien Jagd auf Männer?"

„Das kommt ganz darauf an, meine Lieben", antwortete der Baron. „Es hängt alles davon ab, was Sie mit dem Wort „sie" meinen. Männer jagen keine Menschen, aber Tiere, große wilde Tiere, jagen sie manchmal, und es kommt nicht oft vor, dass die Männer entkommen. Bei der konkreten Männerjagd, auf die ich mich beziehe, war ich die Kreatur, die gejagt wurde, und seitdem hege ich großes Mitgefühl für Füchse. Das war in gewisser Weise eine normale Fuchsjagd, obwohl ich der Fuchs war und eine Herde Elefanten die Jäger waren."

„Wie seltsam", sagte Diavolo und schraubte einen der Hemdknöpfe des Barons ab, um zu sehen, ob er auseinanderfallen würde.

„Nicht halb so seltsam wie meine Gefühle, als ich meine Position erkannte",
sagte der Baron kopfschüttelnd. „Ich hatte fast Todesangst. Mir kam es so
vor, als hätte ich endlich das Ende meiner Kräfte erreicht. Ich studierte die
Fauna und Flora Indiens in einem kleinen indischen Dorf, bekannt als „ach
– wie hieß diese Stadt!" Ah – so etwas wie Rathabad – nein, das ist es nicht
ganz – aber in Indien hat ein Name genauso viel Sinn wie ein anderer. Es
war viele Meilen von Kalkutta entfernt und ich lebte dort seit etwa drei
Monaten. Das Dorf lag in einem kleinen Tal zwischen zwei Hügelketten, von
denen keine sehr hoch war. Auf der anderen Seite der westlichen Hügel
befand sich ein großer, ebener Landstrich, auf dem einst Elefantenherden
grasten. Daraus erhoben sich diese Hügel, sehr steil, was für die Menschen
im Tal sehr gut war, sonst wären diese Elefanten herübergekommen und
hätten ihre Häuser und Ernten verwüstet. Auf mich übten die Ebenen eine
große Faszination aus, und ich wanderte Tag für Tag auf der Suche nach
neuen Exemplaren für meine Pflanzen- und Blumensammlung darüber,
ohne an die Gefahr zu denken, die mir durch die Begegnung mit diesen sehr
wilden Elefanten drohte und äußerst eifersüchtig auf das Gebiet, das sie
durch jahrelange Besatzung als ihr Eigentum betrachteten. So geschah es,
dass ich eines Tages, am späten Nachmittag, von einer Expedition über die
Prärie zurückkam, und da ich eine große Anzahl neuer Exemplare gefunden
hatte, war ich ziemlich glücklich. Während ich ging, pfiff ich laut, als ich
plötzlich auf eine leichte Welle in der Ebene stieß. Was sollte ich vor mir
sehen außer einer Herde von dreiundsechzig Elefanten, von denen einige
aßen, einige dachten, einige tobten und einige auf dem weichen Rasen
schliefen. Nun, wenn ich leise gekommen wäre, hätte ich natürlich
unbeobachtet an ihnen vorbeigehen können, aber wie gesagt, ich habe
gepfiffen. Ich weiß nicht mehr, was das Lied war: „Marsellaise" oder „Die
Wacht am Rhein" oder vielleicht „Tommie Atkins", was die Elefanten sehr
in Rage brachte, da es die Nationalhymne des britischen Eindringlings war.
Wie auch immer, welche Melodie auch immer gespielt wurde, sie erregte die
Aufmerksamkeit der Elefanten, und dann begann ihr Sport. Der Anführer
hob seinen Rüssel hoch in die Luft und stieß einen Trompetenstoß aus, der
von der drei Meilen entfernten Klippe zurückhallte. Sofort waren alle
Elefanten in Alarmbereitschaft. Diejenigen, die geschlafen hatten, erwachten
und sprangen auf. Diejenigen, die gespielt hatten, hielten in ihrem Toben
inne und stürmten unter der Führung des größten Ungeheuers von allen auf
mich zu. Ich hatte keine Waffe; nichts außer meinem Verstand und meinen
Beinen, mit denen ich mich verteidigen konnte, also begann ich natürlich,
letzteres zu nutzen, bis ich ersteres zum Laufen bringen konnte. Es war
knapp und knapp. Sie konnten schneller rennen als ich, und ich erkannte
sofort, dass ich ohne List nicht hoffen konnte, einen sicheren Ort zu
erreichen. Wie gesagt, die Klippe, die sich wie eine Steinmauer direkt aus der
Ebene erhob, war drei Meilen entfernt, und es gab auch keinen anderen Ort,

an dem ich Zuflucht finden konnte. Während ich rannte, kam mir der Gedanke, dass ich, wenn ich im Kreis lief, immer näher an die Klippe heranrücken und trotzdem meine Verfolger auf Distanz halten könnte, aus dem einfachen Grund, weil ein mehr oder weniger unhandlicher Elefant sich nicht so schnell drehen kann wie Ein Mann kann das, also lief ich weiter im Kreis. Ich konnte meinen kurzen Kreis in kürzerer Zeit umrunden, als der Feind seinen größeren umkreisen konnte, und auf diese Weise kam ich meinem sicheren Zufluchtsort immer näher, während die brüllenden Bestien vor Wut schnaubten, während sie folgten. Als ich schließlich zu erkennen begann, dass ich einigermaßen sicher war, kam mir eine andere Idee: Wenn ich es schaffe, diese riesigen Kreaturen zu töten, würde ich mit dem Elfenbein, das ich bekommen konnte, mein Vermögen machen. Aber wie! Das war die Frage. Nun, meine innig geliebten Kobolde, ich gebe zu, dass ich ein schneller Läufer bin, aber ich bin auch ein schneller Denker, und in weniger als zwei Minuten hatte ich meinen Plan fertig. Ungefähr zweihundert Fuß von der Klippe entfernt blieb ich stehen und wartete, bis die Herde fünfzig Fuß entfernt war. Dann drehte ich mich um und rannte mit aller Kraft bis auf zwei Fuß an die Klippe heran, drehte mich dann scharf nach links und rannte in diese Richtung davon. Die Elefanten, die dachten, sie hätten mich erwischt, verdoppelten ihre Geschwindigkeit, bemerkten aber nicht, dass ich mich umdrehte, so schnell wurde diese Bewegung ausgeführt. Auch sie bemerkten die Klippe nicht, wie ich es beabsichtigt hatte. Die Folge war, dass alle dreiundsechzig von ihnen mit dem Kopf voran nach vorne stürmten, zack! mit aller Kraft in den Fels. Der Hügel erbebte unter der Wucht des Schlags und die dreiundsechzig Elefanten fielen tot um. Sie hatten sich einfach das Gehirn herausgeschlagen."

„Ich kam meinem Zufluchtsort immer näher und die brüllenden Bestien schnaubten vor Wut, als sie mir folgten." *Kapitel IV*.

Hier hielt der Baron inne und zog kräftig an seiner Zigarre, die fast erloschen war.

„Das war in Ordnung", sagten die Zwillinge.

„Was für eine knappe Flucht für dich, Onkel Munch", sagte Diavolo.

„Sehr wahr", sagte der große Soldat und erhob sich als Zeichen dafür, dass seine Geschichte zu Ende war. „Tatsächlich könnte man sagen, dass ich dreiundsechzig knapp entkommen konnte, einen für jeden Elefanten."

„Aber was ist aus dem Elfenbein geworden?" fragte Angelica.

„Oh, was das betrifft!" „Das hat mich enttäuscht", sagte der Baron mit einem Seufzer. Es stellte sich heraus, dass es sich allesamt um junge Elefanten handelte, die ihre ersten Zähne verloren hatten. Ihre zweiten Zähne waren noch nicht gewachsen. Ich habe gerade genug Elfenbein, um einen Papierschneider herzustellen, den ich deinem Vater letztes Jahr zu Weihnachten geschenkt habe."

Das mag der Grund für das außerordentliche Interesse sein, das die Zwillinge seitdem am Papierschneider ihres Vaters haben.

V
DIE GESCHICHTE VON JANG

„ HATTEN Sie jemals einen Hund, Baron Münchhausen?" fragte der Reporter der *Gehenna Gazette* , der während der Hundeausstellungswoche in Cimmerien anrief, um den angesehenen Adligen zu interviewen.

„Ja, das habe ich tatsächlich", sagte der Baron, „ich schätze, ich habe in meinem Leben bis zu hundert Hunde besessen." Zwar waren einige der Hunde aus Eisen und Messing, aber ich mochte sie genauso gern, als wären sie aus Plüsch oder Lammwolle. Sie waren so still, diese eisernen Hunde; und die Messinghunde haben nie jemanden angebellt oder angeschnappt."

„Ich habe noch nie einen Messinghund gesehen", sagte der Reporter. „Was nützen sie?"

„Oh, sie werden im Winter wahrscheinlich sehr nützlich sein", antwortete der Baron. „Meine Messinghunde bewachten früher meinen Kamin und hielten die brennenden Holzscheite davon ab, in mein Zimmer zu rollen und den Teppich in Brand zu setzen, den mir der Khan von Tatarien geschenkt hatte, weil ich sein Leben vor einer Herde Antipoden gerettet hatte, in der er und ich jagten Himalaya-Gebirge."

„Ich verstehe nicht, wofür Sie Hunde brauchten, um das zu tun", sagte der Reporter. „Ein Kotflügel hätte genauso gut getan, oder ein Paar Feuerböcke", fügte er hinzu.

„Das waren diese Hunde", sagte der Baron. „Sie waren Feuerhunde und Feuerhunde sind Feuerböcke."

Ananias presste seine Lippen fest zusammen und in seine Augen trat ein besorgter Ausdruck. Es war offensichtlich, dass er glaubte, der Baron wolle ihn täuschen, so abstoßend ihm dieser Gedanke auch war. Der Baron bemerkte seinen Unmut und beschloss innerlich, vorsichtig mit der Wahrheit umzugehen, und fuhr mit seiner Geschichte fort.

„Aber Hunde waren nie meine Lieblingstiere", sagte er. „Mit meinen Haustieren bin ich genauso zufrieden wie mit anderen Dingen. Ich mag es, Haustiere zu haben, die sich völlig von den Haustieren anderer Menschen unterscheiden, und deshalb habe ich mir zu meiner Zeit Tiere wie die Sangaree, die Kamille und – ach – die zweihörnige Piccoloflöte zu Begleitern gemacht. Ich hatte sogar zahme Bienen – tatsächlich waren meine Bienen einst das Wunder von Siam, in dem ich drei Jahre lang stationiert war, nachdem ich von einer britischen Firma den Auftrag erhalten hatte, das Klima des Landes zu untersuchen, um das herauszufinden ob es sich für das Unternehmen lohnen würde, dort in das Eisgeschäft einzusteigen. Siam ist, wie Sie wahrscheinlich gehört haben, ein sehr warmes Land, und da Eis in warmen Ländern sehr selten ist, dachten diese Engländer, sie könnten ein riesiges Vermögen machen, indem sie Schlepper in den Arktischen Ozean schicken und mit ihnen Kapern erbeuten und Eisberge nach Siam schleppen, wo sie zerschnitten und mit enormem Gewinn an die Menschen verkauft werden könnten. Der Plan war auf jeden Fall gut, und ich fand, dass viele der wohlhabenden Siamesen durchaus bereit waren, sich für 100 Pfund Eis pro Woche für zehn Dollar pro Pfund zu engagieren, aber es kam nie zu etwas, weil wir keine Möglichkeit hatten, die Eisberge danach zu konservieren Wir haben sie in den Golf von Siam gebracht. Das Wasser war so heiß, dass sie schmolzen, bevor wir sie zerschneiden konnten, und aus demselben Grund gerieten wir fast in ernsthafte Schwierigkeiten mit den Küstenbewohnern. Wie Sie wissen, ist ein Eisberg eine riesige Angelegenheit, und als ein oder zwei Dutzend davon im Golf geschmolzen waren, vergrößerte sich die Wassermenge dort so sehr, dass fünfzig Meilen der Küstenlinie völlig überschwemmt waren und Tausende von wertvollen Fischen lebten , die nur in warmem Wasser leben konnten, waren so unterkühlt, dass sie eine Lungenentzündung bekamen und starben. Sie können sich leicht vorstellen, wie empört die siamesischen Fischer über die Verluste waren, die sie über meine Firma erlitten hatten, aber ihre Zuneigung zu mir persönlich war so groß, dass sie versprachen, die Firma nicht zu verklagen, wenn ich versprechen würde, dass sich die Sache nicht noch einmal wiederholen würde. Das habe ich versprochen, und alles hat gut geklappt. Aber was die Bienen betrifft: Ich hatte sie, als ich in Bangkok lebte, und sie waren wirklich wundervoll. Es gab kaum etwas, was diese Bienen nicht tun konnten, nachdem ich sie gezähmt hatte."

„Wie hast du sie gezähmt, Baron", fragte Ananias.

„Macht des Auges, mein Junge", erwiderte der Baron. „Ich habe ihre Aufmerksamkeit zuerst erregt und sie dann gehalten. Natürlich habe ich meinen Plan zuerst an einer Biene ausprobiert. Den Rest hat er gezähmt. Bienen sind Kindern sehr ähnlich. Sie spielen gerne Stunts – ich glaube, das nennt man Stunts, nicht wahr, wenn ein Junge etwas macht und alle seine Kameraden versuchen, das Gleiche zu tun?"

„Ja", sagte Ananias, „ich glaube, dass es so ein Spiel gibt, aber ich möchte es nicht mit dir spielen."

„Nun, so habe ich es auch mit den Bienen gemacht", sagte Herr Münchhausen. „Ich habe die Königsbiene gezähmt, und als sie alle möglichen lustigen kleinen Tricks gelernt hatte, wie sich auf den Kopf zu stellen und Melodien zu summen, ließ ich sie zurück zum Schwarm. Er war eine Woche weg, und dann kam er zurück, er hatte mich so sehr liebgewonnen – und das konnte er auch, weil ich ihn gut fütterte und ihm dreimal am Tag einen großen Korb mit Blumen schenkte. Mit ihm kamen zwei- oder dreitausend andere Bienen, und was auch immer Jang tat, sie taten es."

„Wer war Jang?" fragte Ananias.

„Das war der Name der ersten Biene. König Jang. Jang ist siamesisch für Billie, und da mir der Name Billie schon immer gefiel, nannte ich ihn Jang. Nach und nach konnte jede Biene auf dem Grundstück das Star Spangled Banner und das Yankee Doodle so gut summen wie Sie oder ich, und es war großartig, in diesen sanften Mondnächten, die wir dort hatten, auf der hinteren Veranda meiner Pagode zu sitzen und zuzuhören Mein Bienenorchester spricht über süße Musik. Sobald Jang gelernt hatte, eine Melodie zu summen, war es für ihn natürlich ein Leichtes, eine andere zu lernen, und schon bald konnte uns das Bienenorchester jedes Stück Musik bieten, das wir uns wünschten. Dann gab ich in meinem Haus Musicals und alle Siamesen, vom König abwärts, baten darum, eingeladen zu werden, so dass mein Zuhause durch meine Haustiere zu einem der attraktivsten in ganz Asien wurde.

„Und der Honig, den diese Bienen gemacht haben! Es war der süßeste Honig, den Sie je probiert haben, und jeden Morgen, wenn ich zum Frühstück kam, stand eine frische Flasche für mich bereit, die Bienen hatten sie über Nacht in der Flasche selbst hergestellt. Sie waren die dankbarsten Haustiere, die ich je hatte, und einmal haben sie mir das Leben gerettet. Sie lebten in einem Bienenstock, den ich für sie in einer Ecke meines Zimmers gebaut hatte, und ich konnte bei geöffneten Türen in meinem Haus zu Bett gehen und schlafen, ohne Angst vor Räubern zu haben, denn diese Bienen waren da, um mich zu beschützen. Eines Nachts brach ein Löwe aus dem Königlichen Zoo los und als er auf der Suche nach etwas Essbarem die Straße entlang trottete, sah er, wie meine Haustür weit offen stand. Er ging hinein und begann zu schnüffeln. Er schnüffelte hier und dort, fand aber nichts außer einem Topf Sardellenpaste, was ihn durstiger und hungriger machte als je zuvor. Also schlenderte er in den Salon, und sein Appetit wurde durch eine Bronzestatue des Kaisers von China, die ich dort hatte, noch verstärkt. Im trüben Licht dachte er, dass es sich um einen kleinen Menschen handelte, und stürzte sich in einer Minute darauf. Nun, natürlich kam er nicht weiter, als er versuchte, eine Bronzestatue zu essen, und je mehr er es versuchte, desto hungriger und wütender wurde er. Er brüllte, bis das Haus erbebte, und hätte mich zweifellos geweckt, wenn ich nicht immer tief und fest geschlafen hätte und nie aufgewacht wäre, bis ich genug geschlafen habe. Warum ist es so, dass einmal auf der Northern Pacific Railway ein Zug, in dem ich saß, in einen anderen rammte und ihn komplett zusammenschob, während ich im rauchenden Waggon schlief, und obwohl ich schwere Verbrennungen davontrug und aus dem Waggonfenster geschleudert wurde, um sechzig Fuß entfernt zu landen? In der Prärie bin ich zwei Stunden lang nicht aufgewacht. Ich wurde fast lebendig begraben, weil sie dachten, ich wäre getötet worden, ich lag so still.

„Aber zurück zu den Bienen. Das Brüllen des Löwen störte sie, und Jang summte aus seinem Bienenstock, um nachzusehen, was los war, als der Löwe an meiner Schlafzimmertür erschien. Das intelligente Insekt erkannte sofort, wo das Problem lag, und alarmierte die übrigen Bienen, die auf den Ruf hin aus dem Bienenstock strömten. Währenddessen behielt Jang den Löwen im Auge, und gerade als der Herumtreiber deinen Onkel erblickte, der friedlich auf dem Bett schnarchte und von seiner Kindheit träumte, und sich darauf vorbereitete, sich auf mich zu stürzen, kam Jang herbei, setzte sich auf seinen Rücken und legte seinen ab stechen, wo es am meisten nützt. Der wütende Löwe, der im Nu seine Zähne auf mich geschlagen hätte, drehte sich mit einem schmerzerfüllten Schrei um, und der Biss, der eigentlich mein eigener gewesen sein sollte, richtete verheerende Schäden an seinem eigenen Rücken an. Dem Beispiel Jangs folgend, stellten sich die anderen Bienen in einer Reihe über die breiten Schultern des Löwen und stachen ihn, bis er vor Schmerz brüllte. Jedes Mal, wenn er gestochen wurde, drehte er seinen Kopf herum wie ein Hund hinter einem Floh her und biss sich selbst, bis er sich schließlich buchstäblich zerkaut hatte, vor lauter Erschöpfung in Ohnmacht fiel und ich gerettet wurde. Sie können sich meine Überraschung vorstellen, als ich am nächsten Morgen aufwachte und einen sterbenden Löwen in meinem Zimmer vorfand.“

„Jang kam herbei, setzte sich auf seinen Rücken und platzierte seinen Stachel dort, wo er am meisten nützte." *Kapitel V.*

„Aber, Baron", sagte Ananias. „Eines davon verstehe ich nicht. Wenn Sie tief und fest geschlafen haben, während das alles passierte, woher wussten Sie dann, dass Jang diese Dinge getan hat?"

„Warum, Jang hat es mir selbst gesagt", antwortete der Baron ruhig.

„Könnte er reden?" rief Ananias erstaunt.

„Nicht so wie du und ich", sagte der Baron. „Natürlich nicht, aber Jang konnte buchstabieren. Ich habe ihm beigebracht, wie. Sie sehen, ich habe es so begründet. Wenn man einer Biene beibringen kann, ein Lied zu singen, das nur eine Geschichte in der Musik ist, warum kann man ihr dann nicht beibringen, eine Geschichte in echten Worten zu erzählen? Es war auf jeden Fall einen Versuch wert, und ich habe es versucht. Jang war ein begabter Schüler. Er war die intelligenteste Biene, die ich je getroffen habe, und ich brauchte nicht länger als einen Monat, um ihm seine Buchstaben beizubringen, und als er seine Buchstaben einmal beherrschte, war es ein

Leichtes, ihm das Buchstabieren beizubringen. Ich holte ein großes Blatt und bedeckte es mit sechsundzwanzig Quadraten, und in jedes dieser Quadrate malte ich einen Buchstaben des Alphabets, sodass Jang schließlich, als er sie kennenlernte und mir etwas erzählen wollte, von einem davon flog einem anderen gegenüber, bis er buchstabiert hatte, was er sagen wollte. Ich folgte seinen Bewegungen genau, und nach einer Weile gelang es uns, uns stundenlang ohne jegliche Probleme zu unterhalten. Ich bin wirklich davon überzeugt, dass Jang, wenn er etwas schwerer gewesen wäre, um die Tasten weit genug herunterzudrücken, eine Schreibmaschine genauso gut bewältigt hätte wie jeder andere, und wenn ich an seinen wunderbaren Geist und seine köstliche Fantasie denke, bedauere ich zutiefst, dass das nie der Fall war eine Schreibmaschine, die so fein gearbeitet war, dass eine Biene von seinem Gewicht sie schaffen könnte. Die Welt wäre durch die Geschichten, die Jang zu erzählen im Kopf hatte, sehr bereichert worden, aber jetzt ist es zu spät. Er ist für immer verschwunden."

„Wie haben Sie Jang verloren, Baron?" fragte Hananias mit Tränen in den Augen.

„Er dachte, ich hätte ihn betrogen", sagte der Baron mit einem Seufzer. „Er war genauso ein Verfechter der Wahrheit wie ich. Ein amerikanischer Freund schickte mir ein prächtiges Parterre aus Wachsblumen, die so perfekt gefertigt waren, dass ich sie nicht von den echten unterscheiden konnte. Ich war sehr stolz auf sie und bewahrte sie in meinem Zimmer in der Nähe des Bienenstocks auf. Als Jang und sein Stamm sie zum ersten Mal erblickten, waren sie entzückt und sangen, wie sie noch nie zuvor gesungen hatten, nur um zu zeigen, wie erfreut sie waren. Dann machten sie sich daran, daraus Honig zu machen. Sie müssen sich zwei Monate lang mit diesen Blumen beschäftigt haben, bevor ich auf die Idee kam, ihnen zu sagen, dass sie nur aus Wachs und überhaupt nicht echt seien. Als ich Jang das erzählte, lachte ich leider, weil ich dachte, dass er den Witz der Sache genauso gut verstehen könnte wie ich, aber ich habe mich geirrt. Er konnte nur sehen, dass er getäuscht worden war, und das machte ihn sehr wütend. Bienen scheinen keinen ausgeprägten Sinn für Humor zu haben. Er warf mir einen vorwurfsvollen Blick zu und kehrte in seinen Bienenstock zurück, und als ich am Morgen des dritten Tages aufwachte, waren sie gerade dabei, auszuziehen. Sie flogen zu meinem Gitter, stellten sich entlang der Latten auf und warteten auf Jang. Einen Augenblick später erschien er, und auf ein gegebenes Zeichen hin verschwanden sie summend aus meinem Blickfeld und summten dabei ein Abschiedsklagelied. Ich habe sie nie wieder gesehen."

Hier wischte sich der Baron die Augen.

„Es tat mir sehr leid", fuhr er fort, „und ich beschloss, nie wieder etwas zu tun, was auch nur auf eine Täuschung hindeutete, und als ich einige Jahre später mein Wappen entwerfen ließ, ließ ich eine Biene darauf zeichnen, denn in meinen Augen war es mein Gute Freundin, die Biene, repräsentiert drei große Faktoren eines guten und erfolgreichen Lebens: Fleiß, Treue und Wahrheit."

Daraufhin machte sich der Baron auf den Weg und überließ es Ananias, darüber nachzudenken.

VI
ER ERZÄHLT DEN ZWILLINGEN VOM FEUERWERK

HERRSCHTE großer Lärm, als Herr Münchhausen in die Bibliothek im Haus der Himmlischen Zwillinge schlenderte.

„Diese Amerikaner feiern ihren 4. Juli mit großem Spaß", sagte er, als das Haus von der Explosion einer Bombe erbebte. „Sie haben bereits genug Pulver verbrannt, um zehn Umdrehungen in Gang zu setzen, und sie werden sich heute Abend im Park selbst übertreffen. Sie haben aus den beiden riesigen Windrädern ein Fahrrad gemacht, und nachdem es angezündet ist, werden sie Benedict Arnold eine Meile damit fahren lassen."

Die Zwillinge schienen sehr interessiert zu sein. Auch sie hatten viel von der Feier und einigen ihrer Freuden gehört, und als der Baron eintraf, waren sie voller Fragen.

„Onkel Munch", sagten sie und halfen dem Baron, seinen Hut und seinen Mantel auszuziehen, die sie so ängstlich in eine Ecke warfen, als sie sich an die Arbeit machen wollten, „glauben Sie, dass es eine große Gefahr darstellt, wenn kleine Jungen Feuerwerkskörper und Raketen haben?" Windräder oder kleine Mädchen, die Torpeter haben?"

„Nun, ich weiß es nicht", antwortete der Baron vorsichtig. „Was sagt Ihr ehrwürdiger Vater dazu?"

„Er meint, wir sollten warten, bis wir älter sind, aber das tun wir nicht", sagten die Zwillinge.

„Torpeter setzen nie etwas in Brand", sagte Angelica.

„Das stimmt", sagte der Baron freundlich; „Aber schließlich hat dein Vater recht. Warum weißt du, was mit mir passiert ist, als ich ein Junge war?"

„Du hast dir den Daumen verbrannt", sagten die Zwillinge und waren bereit, es zu erraten.

„Nun, hol mir eine Zigarre, und ich erzähle dir, was mit mir passiert ist, als ich ein Junge war, nur weil mein Vater mir alle Feuerwerkskörper gegeben hat, die ich wollte, und dann wirst du vielleicht sehen, wie weise dein Vater ist dass er nicht tut, was Sie von ihm erwarten", sagte Herr Münchhausen.

Die Zwillinge fanden bereitwillig die gewünschte Zigarre, woraufhin sich Herr Münchhausen bequem in der Hängematte niederließ, sanft hin und her schwang und seine Geschichte erzählte.

„Mein lieber alter Vater", sagte er, „war der nachsichtigste Mann, der je gelebt hat. Er gab mir alles auf der Welt, was ich wollte, ob er es sich leisten konnte oder nicht, nur hatte er ein originelles System des Gebens, das ihn davor bewahrte, durch Nachsicht gegenüber seinen Kindern ruiniert zu werden. Er hat mir einmal ein Rheindampfer geschenkt, ohne dass es ihn einen Cent gekostet hätte. Ich sah es, wollte es haben, fing an zu weinen, als er mir den Kopf tätschelte und mir sagte, ich könne es haben, fügte jedoch hinzu, dass ich es niemals aus dem Fluss nehmen oder versuchen dürfe, es selbst laufen zu lassen. Das hat mich zufrieden gestellt. Alles, was ich wirklich wollte, war das Glück, das Gefühl zu haben, dass es mir gehörte, und mein lieber alter Vater gab mir die Erlaubnis, so zu fühlen. Das Gleiche geschah in Bezug auf den Mond. Er gab es mir freiwillig und ohne Widerwillen. Er habe es von seinem Vater erhalten, sagte er, und er habe geglaubt, es lange genug zu besitzen. Nur, so fügte er hinzu, müsse ich es, wie schon beim Dampfschiff, dort lassen, wo es war, und anderen Leuten erlauben, es sich anzusehen, wann immer sie wollten, und mich nicht einmischen, wenn ich andere kleine Jungen oder Mädchen dabei bemerke, wie sie mit den Balken spielen, was ich auch tue versprochen und bis zum heutigen Tag treu gehalten.

„Natürlich kann man von einem solchen Elternteil leicht erkennen, dass an einem Tag wie dem 10. August, den die Menschen in unserer Region feierten, weil es mein Geburtstag war, alles zu erwarten war. Er ließ mich immer meinen eigenen Weg gehen, und es ist ein Wunder, dass ich nicht verwöhnt wurde. Ich kann wirklich nicht verstehen, wie ich zu dem Mann geworden bin, der ich bin, wenn man bedenkt, wie verwöhnt wurde, als ich klein war.

„Aber wie alle Jungen feierte ich den Zehnten sehr gerne, und da ich ein mehr oder weniger genialer Junge war, bereitete ich normalerweise mein eigenes Feuerwerk vor, und es passierten viele Dinge, die sonst vielleicht nicht zustande gekommen wären, wenn ich richtig gehandelt hätte umsorgt, so wie du bist. Das erste, was mir am 10. August passiert ist und das viel besser nicht passiert wäre, war, als ich – ähm – wie alt seid ihr Kobolde?"

„Sechzehn", sagten sie. „Geht auf achtzehn."

„Unsinn", sagte der Baron. „Warum du nicht älter als acht bist."

„Nein – wir sind sechzehn", sagte Diavolo. „Ich bin acht und Angelicas acht und zweimal acht ist sechzehn."

„Oh", sagte der Baron. "Ich verstehe. Nun, das war genau das Alter, in dem ich damals war. Nur acht pro Tag."

„Sechzehn haben wir gesagt", sagten die Zwillinge.

„Ja", nickte der Baron. „Nur acht, aber es geht Richtung sechzehn. Mein Vater hatte mir zehn Taler für Geräusche gegeben, aber im Gegensatz zu den meisten Jungen mochte ich Geräusche nicht so sehr wie Neuheiten. Es bereitete mir kein besonderes Vergnügen, zu hören, wie ein riesiger Cracker mit einem Knall losging. Was mir vor allem am Herzen lag, war, eine Art Ausstellung auf die Beine zu stellen, die den Menschen gefällt und die man tagsüber sehen kann, statt nachts, wenn alle müde und schläfrig sind. Anstatt also mein Geld für Böller, Torpedos und Raketen auszugeben, gab ich davon neun Taler für Pulver und einen Taler für Kittgebläse aus. Mein besonderes Ziel war es, eine große Anstrengung zu unternehmen und den Passanten eine kostenlose Ausstellung dessen zu bieten, was ich „Münchhausens große Geysir-Kaskade" nennen würde. Um dies richtig zu machen, hatte ich ein Auge auf einen Fischteich unweit des Rathauses geworfen. Ich würde sagen, es war ein sehr tiefer Teich mit einem Umfang von etwa einer Meile. Kittgebläse kosteten damals fünf Pfennige, und Pulver war so billig wie Sand, weil die Pulverhersteller, die mit einem Krieg rechneten, hundertmal so viel produziert hatten, wie nötig war, und da der Krieg nicht zustande kam, Sie waren bereit, fast alles zu nehmen, was sie dafür bekommen konnten. Die Folge war, dass die Menge des Pulvers ausreichte, um einen Gummibeutel von der Größe von fünf Sofakissen zu füllen. Dieses versenkte ich mitten im Teich, ohne irgendjemandem zu sagen, was ich vorhatte, und leitete durch die dicht aneinander befestigten Kittbläser eine von mir selbst angefertigte Zündschnur vom Pulversack zum Ufer. Meine Idee war, dass ich das Ding auslösen könnte, wissen Sie, und dass etwa sechzig Quadratmeter des Teichs in die Luft fliegen und dann anmutig wie ein riesiger Springbrunnen wieder zurückfallen würden. Wenn es so funktioniert hätte, wie ich es erwartet hatte, wäre alles in Ordnung gewesen, aber das war nicht der Fall. Ich hatte zu viel Pulver, für eine Sekunde, nachdem ich die Zündschnur angezündet hatte, ertönte ein gedämpftes Brüllen und der ganze Teich flog in einer festen Masse, mit Fischen und allem, in die Luft und verschwand. Alle waren erstaunt, nicht wenige hatten große Angst. Ich hatte Todesangst, aber ich verriet niemandem, dass ich die Person war, die den Teich weggeblasen hatte. Wie hoch der Teich war, weiß ich nicht, aber ich weiß, dass es eine Woche lang keine Anzeichen dafür gab, und dann kam völlig unerwartet aus einem scheinbar klaren Himmel der außergewöhnlichste Regensturm, den Sie erlebt haben je gesehen. Zwei Tage lang regnete es im wahrsten Sinne des Wortes, und was ich als Einziger verstehen konnte, brachte Forellen, Mondfische und Elritzen mit sich, und was für alle außer mir am seltsamsten war, tauchte plötzlich ein alter Kutter auf, der als Eigentum des Besitzers des Teiches erkannt wurde Der Himmel stürzte mit furchterregender Geschwindigkeit auf die Erde zu. Als ich das Boot kommen sah, fürchtete ich mich noch mehr, weil ich befürchtete, es könnte auf einige unserer Nachbarn herabstürzen und sie töten. Glücklicherweise konnte diese mögliche

Katastrophe jedoch abgewendet werden, denn sie fiel direkt über den spitzen Blitzableiter auf den Turm unserer öffentlichen Bibliothek und blieb dort hängen wie ein Stück Papier in einer Akte.

„Aus einem scheinbar klaren Himmel kam der außergewöhnlichste Regensturm, den Sie je gesehen haben." *Kapitel VI.*

„Der Regen hat mehrere Hektar gepflegter Farmen weggespült, aber die Verluste an Ernten, Zäunen usw. wurden durch die Fische, die mit dem Sturm kamen, weitgehend verringert. Ein Bauer nahm einen Rechen und fing in seinem Kartoffelbeet in fünf Minuten dreihundert Pfund Forellen, vierzig Pfund Mondfische, acht Schildkröten und eine Elritze. Andere hatten fast das gleiche Glück, aber der Schaden war groß genug, um mir zu zeigen, dass Eltern nicht vorsichtig genug sein können, was sie ihren Kindern am Tag des Feierns überlassen."

„Und wurdest du nie bestraft?“ fragten die Zwillinge.

„Nein, in der Tat“, sagte der Baron. „Niemand wusste jemals, dass ich es getan habe, weil ich es ihnen nie gesagt habe. Tatsächlich sind Sie die einzigen beiden Personen, die jemals davon gehört haben, und Sie dürfen es nicht erzählen, da es in dieser Region immer noch eine Reihe von Landwirten gibt, die mich auf Schadensersatz verklagen würden, wenn sie wüssten, dass ich für den Unfall verantwortlich bin. ”

„Das war ziemlich schrecklich“, sagten die Zwillinge. „Aber wir wollen keine Teiche sprengen, um Kaskaden zu bekommen, aber wir wollen Torpeter. Torpeter richten doch keinen Schaden an, oder, Onkel Munch?“

„Nun, das kann man nie sagen. Es hängt alles vom Torpedo ab. Torpedos werden manchmal nachlässig hergestellt“, sagte der Baron. „Sie sollten so sorgfältig hergestellt werden, wie ein Apotheker Pillen herstellt. So viele Kieselsteine, so viel Papier und so viel Salpeter und Schwefel oder was auch immer sonst verwendet wird, um sie aufzulösen. Ich hatte einmal eine sehr unglückliche Zeit mit einem nachlässig hergestellten Torpedo. Ich hatte zwei Kartons voll. Es waren diese Alufolien-Torpedos, die kleine Mädchen so lieben, und ich erwartete, dass sie ziemlich viel Lärm machen würden, aber die ersten zehn, die ich abwarf, gingen überhaupt nicht hoch. Am elften schleuderte ich aus irgendeinem Grund, ich wusste nie genau aus welchem Grund, mit aller Kraft gegen die Seite der Scheune meines Vaters, und meine Güte, was für eine Überraschung war das! Es zerschmetterte die gesamte Seite der Scheune und schleuderte sieben Ballen Heu und unseren großen Farmpflug den Hang hinunter in die Stadt. Die Heuballen zerschmetterten Zäune; Einer von ihnen prallte auf dem Weg nach unten gegen einen Kuhstall, schlug dessen Rückseite in Stücke und zerstörte dann die Rückseite eines kleinen Geschirrladens, der an der Hauptstraße lag. Es prallte in der Mitte seines Rückens auf den Platz des Geschirrladens und warf fünfzehn Dutzend Tassen und Untertassen, zweiunddreißig Wasserkrüge und fünf Porzellanbüsten von Shakespeare herunter. Der Lärm war schrecklich – aber ich konnte nichts dagegen tun. Niemand konnte es mir verübeln, denn ich konnte nicht wissen, dass der Mann, der die Torpedos hergestellt hatte, nachlässig war und eine feste Dynamitkugel in einen von ihnen gesteckt hatte. Sie sehen also, meine lieben Kobolde, dass selbst Torpedos nicht immer sicher sind.“

„Ja“, sagte Angelica. „Ich schätze, ich werde an meinem Geburtstag mit meinen Puppen spielen. Sie gehen nie los und sprengen Dinge in die Luft.“

„Das ist sehr weise von Ihnen“, sagte der Baron.

„Aber was ist aus dem Pflug geworden, Onkel Munch?“ sagte Diavolo.

„Oh, der Pflug hat keinen großen Schaden angerichtet", antwortete Herr Münchhausen. „Es bahnte sich einfach seinen Weg den Hügel hinunter, über die Hauptstraße, zum Bowlinggrün. Es pflügte etwa 30 Meter davon um, bevor es anhielt, aber das störte niemanden so sehr, da es sowieso innerhalb weniger Tage wieder umgepflügt und besät werden sollte. Natürlich war die Furche, die es beim Überqueren der Straße machte, schlimm, und um es noch schlimmer zu machen, erwischte die Schar eine der Wasserleitungen, die unter der Straße verliefen, und riss sie in zwei Teile, so dass das Wasser ausbrach und die Straße für eine Weile überschwemmte , aber einhundertsechzigtausend Dollar hätten den Schaden gedeckt."

Die Zwillinge schwiegen einen Moment und fragten dann:

„Nun, Onkel Munch, welche Art von Feuerwerkskörpern sind überhaupt sicher?"

„Meine Erfahrung hat mich gelehrt, dass es nur zwei Arten gibt, die sicher sind", antwortete ihr alter Freund. „Das eine ist eine Kürbislaterne und das andere eine Zigarre, und da Sie noch nicht alt genug sind, um Zigarren zu besitzen, wenn Sie Ihre Hüte und Mäntel aufsetzen und in den Garten gehen und mir zwei Kürbisse holen würden, würde ich" Ich werde jeden von euch zu einer Kürbislaterne machen. Was sagen Sie?"

„Wir sagen ja", sagten die Zwillinge und machten sich auf den Weg, während der Baron sich in der Hängematte umdrehte, ein Kissen bequem unter seinem Kopf platzierte und einschlief, um von weiteren Geburtstagserinnerungen zu träumen, falls Bedarf dafür bestehen sollte sie später.

VII VON
EINER MAGISCHEN LATERNE GERETTET

ALS das Sonntagsessen vorbei war, kletterten die Zwillinge auf Einladung von Herrn Münchhausen auf den Schoß des alten Kriegers, Angelica küsste ihn aufs Ohr und Diavolo zwickte liebevoll seine Nase.

"Ah!" sagte der Baron. "Das ist es!"

„Was ist was, Onkel Munch?" fragte Diavolo.

„Warum das", erwiderte der Baron. „Ich habe mich gefragt, was ich brauchte, um mein Abendessen zu einem vollen Erfolg zu machen. Es fehlte etwas, aber was es war, wir hatten so viel, ich konnte es nicht erraten, bis ihr zwei Kobolde mich geküsst und meine Nasenzüge gezwickt habt. Jetzt weiß ich es, denn wirklich ein Gefühl höchster Zufriedenheit hat sich in meiner Seele breit gemacht."

„Wünschst du dir nicht, *du* hättest zwei Kinder wie uns, Onkel Munch?" fragten die Zwillinge.

„Wünschte ich, ich hätte es getan? Warum ich zwei Kinder wie Sie habe", antwortete der Baron. „Ich habe sie auch hier."

"Wo?" fragten die Zwillinge und sahen sich neugierig nach den anderen beiden um.

„Auf meinen Knien natürlich", sagte er. "Du bist mein. Dein Papa hat dich mir gegeben – und du bist dir selbst so ähnlich wie zwei Erbsen in einer Schote."

„Ich – ich hoffe, du bringst uns nicht von hier weg", sagten die Zwillinge ein wenig reumütig. Sie mochten den Baron sehr, aber die Vorstellung, verschenkt zu werden, gefiel ihnen nicht gerade.

„Oh nein – überhaupt nicht", sagte der Baron. „Dein Vater hat zugestimmt, dich für mich hier zu behalten, und deine Mutter hat sich freundlicherweise freiwillig bereit erklärt, auf dich aufzupassen. Es soll keine Veränderung geben, außer dass du zu mir gehörst und ich umgekehrt zu dir gehöre."

„Und ich nehme an", sagte Diavolo, „wenn du zu uns gehörst, musst du so ziemlich das tun, was wir dir sagen?"

„Genau", antwortete Herr Münchhausen. „Wenn Sie mich bitten würden, Ihnen eine Geschichte zu erzählen, müsste ich es tun, selbst wenn Sie die vollständigen Einzelheiten darüber verlangen würden, wie ich Weihnachten mit Mtulu, dem König der Taafe-Eatars, im oberen Kongo, weit unten in

Afrika, verbracht habe – eine Geschichte, die ich in meinem ganzen Leben noch nie jemandem erzählt habe."

„Klingt, als ob es interessant sein könnte", sagten die Zwillinge. „Das sind wirklich süße Namen, nicht wahr?"

„Ja", sagte der Baron. „Taafe klingt nach Toffee und Mtulu erinnert stark an Kaugummi. Das ist das Merkwürdige an den wilden Stämmen Afrikas. Ihre Namen klingen oft so, als ob es sich dabei um Esswaren und nicht um Menschen handelte. Vielleicht fressen sie sich deshalb manchmal gegenseitig – obwohl ich natürlich nicht mit Sicherheit sagen kann, ob das die wahre Erklärung für Kannibalismus ist."

„Was ist Kanonenballismus?" fragte Angelica.

„Er hat nicht Kanonenballismus gesagt", sagte Diavolo verächtlich. „Es war Bonbonballismus."

„Nun, Sie sind beide ziemlich nahe daran gekommen", sagte der Baron, „und wir lassen die Sache dabei bewenden, sonst habe ich keine Zeit, Ihnen zu erzählen, wie Weihnachten mich in Schwierigkeiten mit König Mtulu gebracht hat."

Der Baron rief nach einer Zigarre, die die Zwillinge für ihn anzündeten, und dann begann er.

„Vielleicht haben Sie nicht gehört", sagte er, „dass ich vor etwa zwanzig oder dreißig Jahren das Kommando über eine Expedition in Afrika hatte. Unser Ziel war es, den Majolika-See zu finden, von dem wir hofften, dass er auf halber Strecke zwischen Lollokolela und den Clebungo-Bergen auftauchen würde. Lollokolela war der am weitesten entfernte Punkt, den die Zivilisation zu dieser Zeit erreicht hatte, und lag direkt auf dem Weg zu den Clebungo-Bergen, von denen die Eingeborenen sagten, sie seien voller Gold- und Silberminen und überall verstreut, von denen es hieß, sie seien Höhlen, in denen Diamanten und Diamanten gefunden wurden Rubine und andere Edelsteine der seltensten Art waren in großer Fülle zu finden. Keinem Weißen war es jemals gelungen, diese wunderbar reiche Hügelkette zu erreichen, denn nach dem Verlassen von Lollokolela gab es, soweit bekannt, keine Möglichkeit, an Wasser zu kommen, und unzählige Abenteuergeister hatten wegen des übermächtigen Durstes aufgeben müssen was das Klima ihnen gebracht hat.

„Unter solchen Umständen hielt es eine Gruppe Herren in London für durchaus lohnenswert, sich auf die Entdeckung eines Sees zu begeben, den sie aus Gründen, die sie selbst am besten kannten, im Voraus Majolika nannten; Sie wollten wahrscheinlich jemanden damit erschrecken. Und mir wurde die Aufgabe anvertraut, die Expedition zu leiten. Ich muss gestehen, dass ich nicht gehen wollte, und zwar aus dem guten Grund, dass ich nicht bei lebendigem Leib von den wilden Stämmen gefressen werden wollte, die diese Region heimgesucht haben, aber die Firma stellte mir ein eng anliegendes Kettenhemd zur Verfügung, das ich trug die Zeit, in der ich angefangen habe, bis ich zurückkam. Es war ein großes Glück für mich, dass ich so versorgt wurde, denn bei drei verschiedenen Gelegenheiten wurde ich zu Staatsessen serviert und jedes Mal widerstand ich erfolgreich dem Tranchiermesser und wurde daraufhin gut aufgenommen, da alle Häuptlinge mich als einen betrachteten der ein bezauberndes Dasein führte."

Hier hielt der Baron lange genug inne, damit die Zwillinge über die Schrecken nachdenken und sich darüber im Klaren sein konnten, die ihn auf dem Weg zum Majolika-See befallen hatten, und es muss gesagt werden, dass sie ihn jetzt für einen echten Helden aller Helden hielten, obwohl sie ihn zuvor für mutig gehalten hatten.

„Als ich aufbrach", sagte der Baron, „wurde ich von zehn Sansibaris und tausend Dosen kondensierter Speisen begleitet."

„Tausend was, Onkel Munch?" fragte Jack und ihm lief das Wasser im Mund zusammen.

„Kondensiertes Abendessen", sagte der Baron, „ich hatte viele meiner Lieblingsgerichte kondensiert und in Dosen verpackt. Ich hatte nicht damit gerechnet, länger als ein Jahr weg zu sein, und dachte, dass tausend Abendessen in Dosen und Konserven zusammen mit dem Essen, das ich unterwegs zu finden erwartete, Elefantenfleisch, Nashornsteaks und Tigerkoteletts, für die Reise ausreichen würden. Ich könnte die komprimierten Abendessen essen und meine Anhänger könnten Elefantenfleisch, Nashornsteaks und Tigerkoteletts essen — ganz zu schweigen von den Bananen und anderen Früchten, die wild im afrikanischen Dschungel wachsen. Es dauerte jedoch nicht lange, bis ich herausfand, dass die Sansibaris, um Tiger zu essen, zunächst lernen müssen, wie man Tiger davon abhält, sie zu fressen. Eines Abends am vierten Tag unserer Abreise aus Lollokolela gingen wir spät zu Bett, und als wir am nächsten Morgen aufwachten, war jeder unserer Muttersöhne, außer mir selbst, von Tigern gefressen worden, und wieder war es nichts anderes als mein Kettenhemd, das die Rettung brachte Mich. Im Ärmel des Mantels steckten achtzehn Tigerzähne. Sie können sich meinen Kummer vorstellen, dass ich die Suche nach dem Majolika-See alleine fortsetzen musste. Damals habe ich mir angewöhnt, mit mir selbst zu reden, was mich seitdem jung gehalten hat, denn ich genieße meine eigenen Gespräche sehr und bin immer ein mitfühlender Zuhörer. Ich ging tagelang weiter, bis ich schließlich am Heiligabend den Palast von König Mtulu erreichte. Natürlich stellen Sie sich einen Palast wie ein prächtiges fünfstöckiges Gebäude mit wunderschönen

Schnitzereien an der Vorderseite, Marmortreppen und hübsch bemalten und vergoldeten Decken vor. Der Palast von König Mtulu war nichts dergleichen, obwohl er für diese Region ziemlich prächtig war. Die Wände waren mit Elefantenstoßzähnen, Krokodilzähnen und vielen anderen Schätzen geschmückt, die die Seele der Zentralafrikaner erfreuen.

„Wie ich Ihnen vielleicht nicht gesagt habe, war König Mtulu der wildeste der afrikanischen Häuptlinge, und es heißt, dass bis zu dem Zeitpunkt, als ich ihn überlistete, kein weißer Mann ihm jemals begegnet war und es nicht überlebt hatte, die Geschichte zu erzählen. Als ich an diesem schwülen Weihnachtsabend, ohne es zu wissen, beladen mit dem Gepäck, den Dosenessen und anderen Dingen, die ich mitgebracht hatte, zufällig auf den blutrünstigen Monarchen stieß, gab ich mich selbst verloren auf.

„'Wer kommt hierher, um den königlichen Frieden zu stören?' rief Mtulu wütend, als ich die Schwelle überschritt.

„'Ich bin es, Eure Hoheit', erwiderte ich mit erbleichem Gesicht, denn ich erkannte ihn sofort an dem Elfenbeinring, den er an seiner Nasenspitze trug.

'"Wer ist "ich?' erwiderte Mtulu, nahm seine Streitaxt und schritt vorwärts.

„Da kam mir ein glücklicher Gedanke. Diese Leute sind abergläubisch. Vielleicht haben die Missionare diesen unzivilisierten Kreaturen die Geschichte vom Weihnachtsmann erzählt. Ich werde so tun, als wäre ich der Weihnachtsmann. Also antwortete ich: „Wer bin ich, oh Mtulu, der Tapferste der Taafe-Häuptlinge?" „Ich bin der Weihnachtsmann, der Freund der Kinder und der Überbringer von Geschenken an und für alle."

„Mtulu blickte mich einen Moment lang aufmerksam an, dann schlug er leicht auf eine Tom-Tom an seiner Seite. Sofort erschienen dreißig der bösartigsten Eingeborenen, jeder mit einer Keule bewaffnet.

„'Verhaften Sie diesen Mann', sagte Mtulu, ,bevor er weitergeht. Er ist ein Betrüger.'

„'Wenn es Eurer Majestät gefällt', begann ich.

'"Schweigen!' Er rief: „Ich bin wild und esse Männer, aber ich liebe die Wahrheit." Der ehrliche Mann hat von mir nichts zu befürchten, denn ich habe mich von meinen bösen Wegen bekehrt und seit dem letzten Neujahrstag habe ich nur diejenigen gegessen, die versucht haben, mich zu täuschen. Morgen Abend wird Ihnen das Abendessen roh serviert. Mein Respekt vor Ihrer Leistung als mutiger Mann veranlasst mich, Ihnen die Qual der Bratpfanne zu ersparen. Sie sind Baron Münchhausen. Ich habe dich erkannt, als du blass geworden bist. Ein anderer Mann wäre rot geworden.'

„Also wurde ich weggetragen und in einer Lehmhütte eingesperrt, deren Innenwände weiß waren, was seltsamerweise mein Leben rettete, als ich später zum entscheidenden Moment kam. Ich hatte unter anderem, allein zu meiner Unterhaltung, eine magische Laterne mitgebracht. Als Kind hatte ich schon immer eine besondere Vorliebe für Bilder gehabt, und als ich an die einsamen Nächte in Afrika dachte, ohne Bücher zur Hand, ohne Theater, ohne Kotillionen, die die Monotonie meines Lebens beleben könnten, beschloss ich, meine Bilder mitzunehmen kleine magische Laterne sowohl für Gesellschaft als auch für alles andere. Es hatte eine sehr kompakte Form. Zusammengefaltet war es kaum größer als eine Brieftasche mit tausend Ein-Dollar-Scheinen, und die Glaslinsen passten natürlich problemlos in meine Hosentaschen. Die Ansichten wurden nicht auf Glas montiert, sondern auf eine glasähnliche, aber dünnere Substanz namens Gelatine. All diese Dinge trug ich in meinen Westentaschen, und als Mtulu mein Gepäck beschlagnahmte, entgingen ihm die magische Laterne und die Aussicht natürlich.

„Der Weihnachtsmorgen kam und ging vorüber, und ich wollte mich gerade aufgeben, denn Mtulu war kein König, der sich durch etwas so Kleines wie ein Kettenhemd davon abhalten ließ, einen Mann zu fressen, als ich vor dem Abendessen die Nachricht erhielt, dass mein Entführer und ... Seine Suite würde mir einen formellen Abschiedsbesuch abstatten. Die Nacht brach herein, und als ich verzweifelt auf die Ankunft des Königs wartete, musste ich plötzlich an einen Laternenschlitten der britischen Armee denken, der dastand und auf den Feuerbefehl wartete, den ich zufällig bei mir hatte. Es war eine großartige Aussicht – lebensecht, wie man möchte. Warum wirfst du das nicht an die Wand, und wenn Mtulu hereinkommt, wird er mich offenbar mit einer starken Kraft unter meinem Kommando finden, dachte ich. Kaum war es gedacht, war es auch schon geschehen und mein Leben war gerettet. Kaum spiegelte sich dieses edle Bild an der Rückwand meines Gefängnisses, als sich die Tür öffnete und Mtulu, gefolgt von seinem Gefolge, erschien. Ich stand auf, um ihn zu begrüßen, aber anscheinend sah er mich nicht. Stumm vor Angst stand er auf der Schwelle und blickte auf die schreckliche Reihe von Soldaten, die bereit waren, ihn und seine Männer mit ihren tödlichen Kugeln vom Erdboden zu fegen.

„‚Ich bin dein Sklave‘, antwortete er auf meinen Gruß und kniete vor mir nieder, ‚ich gebe dir alles hin.‘“ *Kapitel VII.*

„‚Ich bin dein Sklave‘, antwortete er auf meinen Gruß und kniete vor mir nieder, ‚Ich überlasse dir alles.‘

„‚Ich dachte, du würdest es tun‘, sagte ich. ‚Aber ich verlange nichts außer der Entdeckung des Majolika-Sees. Wenn der Majolika-See nicht innerhalb von vierundzwanzig Stunden entdeckt wird, gebe ich den Befehl zum Feuern!‘ Dann drehte ich mich um und gab den Befehl, Waffen zu tragen, und siehe da! Durch einen schnellen Folienwechsel erschien die Armee im Handumdrehen. Mtulu schnappte vor Schreck nach Luft, akzeptierte aber mein Ultimatum. Ich wurde befreit, der Majolika-See wurde am nächsten Morgen noch vor zehn Uhr entdeckt, und um fünf Uhr machte ich mich auf den Heimweg, die britische Armee ruhte still in meiner Brusttasche. Es war eine gewaltige knappe Flucht!“

„Das sollte ich sagen", sagten die Zwillinge. „Aber Mtulu muss furchtbar dumm gewesen sein, nicht zu sehen, was es war."

„Hat er es nicht durchschaut, als er sah, wie du die Armee in deine Tasche gesteckt hast?" fragte Diavolo.

„Nein", sagte der Baron, „das machte ihm mehr Angst als je zuvor, denn wie Sie sehen, dachte er so. Wenn ich eine Armee in meiner Handtasche mitführen könnte, was hinderte mich dann daran, Mtulu selbst und seinen ganzen Stamm auf die gleiche Weise zu vertreiben? Er hielt mich für einen wunderbaren Mann, der dazu in der Lage war."

„Nun, wir vermuten, dass er Recht hatte", sagten die Zwillinge, als sie vom Schoß des Barons kletterten, um einen Atlas zu holen und auf der Karte von Afrika nach dem Majolika-See zu suchen. Dies konnten sie nicht finden und die Erklärung des Barons ist mir unbekannt, denn als die Kobolde zurückkehrten, war der Krieger gegangen.

VIII
EIN ABENTEUER IN DER WÜSTE

„ DER Herausgeber hat so eine Vorstellung, Herr Münchhausen", sagte Ananias, als er sich in dem großen Sessel vor dem Kamin in der Bibliothek des Barons niederließ, „dass er gerne eine Geschichte über eine Giraffe hätte." Der öffentliche Geschmack hat in letzter Zeit einen halsbrecherischen Charakter."

„Was sagst du dazu, Sapphira?" fragte der Baron und wandte sich höflich an Frau Ananias, die mit ihrem Mann vorbeigekommen war. „Interessieren Sie sich für Giraffen?"

„Mir gefallen Löwen besser", sagte Sapphira. „Sie brüllen lauter und beißen heftiger."

„Nun, nehmen wir an, wir machen einen Kompromiss", sagte der Baron, „und haben eine Geschichte über einen Pudelhund. Pudelhunde sehen manchmal aus wie Löwen und sind in der Regel so sanft wie Giraffen."

„Ich kenne einen besseren Plan als diesen", warf Ananias ein. „Erzählen Sie uns eine Geschichte über einen Löwen und eine Giraffe, und wenn Sie Lust dazu haben, werfen Sie zur Sicherheit noch ein paar Pudel hinein. Ich schreibe dieses Jahr über den Weltraum."

„Das ist so", sagte Sapphira müde. „Ich könnte sagen, es war eine Geschichte über einen Löwen und Ananias könnte es eine Giraffengeschichte nennen, und wir alle hätten Recht."

„Sehr gut", sagte der Baron, „es soll eine Geschichte von jedem sein, nur muss ich eine Zigarre haben, bevor ich anfange." Zigarren helfen mir beim Nachdenken, und das Abenteuer, das ich in der Wüste Sahara mit einem Löwen, einer Giraffe und einer Glattulme erlebte, liegt so lange zurück, dass ich lange nachdenken muss, um mich daran zu erinnern."

Also ging der Baron eine Zigarre rauchen, während Ananias und Sapphira einander neidisch zuzwinkerten und ihren verlorenen Ruhm beklagten. Eine Minute später kam der Baron mit dem Gras zurück, und nachdem er es angezündet hatte, begann er seine Geschichte.

„Ich war ungefähr zwanzig Jahre alt, als mir das passierte", sagte er. „Ich war nach Afrika gereist, um für eine Sandfirma in Amerika den Sand in der Sahara zu untersuchen. Wie Sie vielleicht schon gehört haben, ist Sand in vielerlei Hinsicht ein sehr nützlicher Gegenstand, insbesondere jedoch im Baugewerbe. Die Sand Company wurde mit dem Ziel gegründet, Sand an alle zu liefern, die Sand haben wollten, aber Land in Amerika war damals so teuer, dass das Geschäft nur sehr wenig Gewinn brachte. Besitzer von Sandbänken und Sandgrundstücken verlangten unverschämte Preise für ihr Eigentum; und die Küstenbewohner waren nicht bereit, sich von etwas davon zu trennen, weil sie es für ihr Hotelgeschäft brauchten. Die große Attraktion eines Strandhotels ist der Sand am Strand, und den wollten die Besitzer natürlich nicht verkaufen. Am besten verkaufen sie sogar ihre Blaskapellen. Deshalb dachte die Sand Company, dass es vielleicht gut wäre, ein paar Dampfschiffe zu bauen und sie mit Austern oder Mähmaschinen oder historischen Romanen oder allem anderen zu beladen, was in den Vereinigten Staaten hergestellt wird und anderswo gefragt ist; Schicken Sie sie nach Ägypten, verkaufen Sie die Austern oder Mähmaschinen oder historische Romane und lassen Sie dann die Schiffe mit Sand aus der Sahara füllen, den sie umsonst bekommen konnten, und bringen Sie ihn mit Ballast in die Vereinigten Staaten zurück."

„Es muss viel gekostet haben!" sagte Ananias.

„Überhaupt nicht", erwiderte der Baron. „Die Gewinne aus den Austern, Mähmaschinen und historischen Romanen waren so groß, dass alle Ausgaben in beide Richtungen mehr als bezahlt waren, sodass der Sand bei der Lieferung in Amerika tatsächlich weniger als nichts gekostet hatte. Wir hätten alles über Bord werfen und trotzdem einen Gewinn übrig haben können. Ich war es, der die Idee dem Präsidenten der Sand Company vorschlug – sein Name war Bartlett oder – ach – Mulligan – oder ein ähnlich bekannter amerikanischer Name, ich kann mich jetzt nicht mehr genau daran erinnern. Mr. Bartlett oder Mr. Mulligan oder wer auch immer es war, war jedoch sehr zufrieden mit der Idee und fragte mich, ob ich nicht in die Sahara gehen, die Qualität des Sandes untersuchen und berichten würde; und da ich vorübergehend arbeitslos war, nahm ich die Provision an. Sechs Wochen später kam ich in Kairo an und machte mich sofort auf den Weg zu einer Tour durch die Wüste. Ich bin allein gegangen, weil ich es vorzog, niemanden in mein Vertrauen zu ziehen, und außerdem kann man immer unabhängiger sein, wenn man nur seine eigenen Wünsche zu Rate zieht. Ich bin auch zu Fuß gegangen, weil Kamele sehr viel Pflege brauchen – zumindest meines hätte es getan, wenn ich eine gehabt hätte, weil ich meine Rosse immer gerne gepflegt habe, egal ob jemand da ist, der sie sieht oder nicht. Um mir Ärger zu ersparen, machte ich mich also alleine zu Fuß auf den Weg. In vierundzwanzig Stunden reiste ich über hundert Meilen durch die Wüste, und in der Nacht des zweiten Tages ruhte ich im Schatten einer schlüpfrigen Ulme inmitten einer Oase, die ich nach viel Leid und Angst entdeckt hatte. Es war eine wunderschöne Mondscheinnacht und ich habe sie sehr genossen. Es gab keine Mücken oder Insekten jeglicher Art, die meinen Komfort beeinträchtigen könnten. Bisher konnten keine Insekten über den Sand geflogen sein. Ich habe keinen Zweifel, dass viele von ihnen versucht haben, dorthin zu gelangen, aber bis zu meiner Ankunft war es keinem gelungen, und ich fühlte mich so glücklich, als wäre ich im Paradies.

„Nachdem ich mein Abendessen gegessen und einen Schluck von dem köstlichen Quellwasser getrunken hatte, das mitten in der Oase sprudelte, warf ich mich unter die Ulme und begann auf meiner Geige zu spielen, ohne die ich damals nirgendwo hinging. ”

„Ich wusste nicht, dass du Geige spielst“, sagte Sapphira. „Ich dachte, Ihr Instrument wäre die Posaune – viel Schlag und eine mächtige Dehnung.“

„Das weiß ich nicht – jetzt“, sagte der Baron und ignorierte den Sarkasmus. „Ich habe es vor zehn Jahren aufgegeben – aber das ist eine andere Geschichte. Wie lange ich an diesem Abend gespielt habe, weiß ich nicht, aber ich weiß, dass ich, eingelullt von den köstlichen Klängen der Musik und beruhigt von der sanften Süße der Atmosphäre, bald einschlief. Plötzlich wurde ich von etwas geweckt, das ich für ein fernes Donnergrollen hielt. „Hmpf!“ Ich sagte zu mir. „Das ist etwas Neues.“ Ein Gewitter in der Wüste Sahara hätte ich nie erwartet, besonders nicht in einer wunderschönen, klaren Mondnacht – denn der Mond schien immer noch wie eine große silberne Kugel am Himmel, und nirgends war eine Wolke zu sehen . Dann kam mir der Gedanke, dass ich vielleicht geträumt hatte, also drehte ich mich um, um wieder einzuschlafen. Kaum hatte ich meine Augen geschlossen, ertönte ein zweites ohrenbetäubendes Brüllen über den Sand, und ich wusste, dass es kein Traum war, sondern ein tatsächliches Geräusch, das ich hörte. Ich sprang auf und schaute mich am Horizont um, und dort, nur ein kleiner Fleck in der Ferne, war etwas – im ersten Moment dachte ich, es sei eine Wolke, aber im nächsten Moment änderte ich meine Meinung, denn als ich durch mein Teleskop blickte, erkannte ich, dass es keine war eine Wolke, sondern ein riesiger Löwe mit dem Glitzern des Hungers in seinen Augen. Was ich mit dem Donner verwechselt hatte, war das Brüllen dieses wilden Tieres. Ich ergriff meine Waffe und tastete nach meiner Patronenschachtel, nur um festzustellen, dass ich meine Munition verloren hatte und dort allein, unbewaffnet, in der großen Wüste war, der Gnade dieser wilden Kreatur ausgeliefert, die mit jeder Minute näher und näher kam und nachgab das schrecklichste Gebrüll, das du je gehört hast. Es war ein schrecklicher Moment und ich war verzweifelt.

„„Es liegt an dir, Baron‘, sagte ich mir, und dann erblickte ich den Baum. Es schien meine einzige Chance zu sein. Das muss ich erklimmen. Ich habe es versucht, aber leider! Wie ich Ihnen bereits sagte, war es eine glitschige Ulme, und ich hätte genauso gut versuchen können, auf eine gefettete Stange zu klettern. Trotz meiner verzweifelten Bemühungen, den Stamm festzuhalten, konnte ich nicht mehr als einen halben Meter hochklettern, ohne zurückzurutschen. Es war unmöglich. Mir blieb nichts anderes übrig, als mich auf meine Beine zu begeben, und ich nahm sie so gut an, wie ich konnte. Meine Güte, was für ein Lauf das war und wie hoffnungslos. Das Biest kam mit jeder Sekunde auf mich zu und vor mir lag kilometerweit Wüste. „Gib besser auf und gönne dem Biest ein Frühstück, Baron", stöhnte ich vor mich hin. „Wenn es nur eine Sache gibt, die man tun kann, kann man es genauso gut tun und damit fertig sein." Ihr Elend wird umso schneller vorbei sein, wenn Sie hier aufhören.' Während ich diese Worte sprach, wurde ich ein wenig langsamer, aber das schreckliche Brüllen des Löwen verunsicherte mich für einen Moment oder trieb mich vielmehr zu einem Spurt an, der den Löwen etwas weiter nach hinten ließ – und was zur Rettung führte meines Lebens; Denn als ich weiterlief, sah ich etwa eine Meile weiter vor mir eine andere schlüpfrige Ulme und darunter eine Giraffe, die offenbar eingeschlafen war, während sie in den oberen Ästen herumstocherte und ihren Magen mit den kühlenden Kokosnüssen füllte. Die Giraffe hatte mir den Rücken zugewandt, und während ich weiterraste, schmiedete ich meinen Plan. Ich würde den Schwanz der Giraffe ergreifen; ziehe mich auf seinen Rücken; Ich klettere über seinen Hals in den Baum und verpasse dann meinem Wohltäter einen Schlag zwischen die Augen, der ihn durch die Wüste fliegen ließ, bevor der Löwe vorbeikommen und auf die gleiche Weise auf den Baum klettern konnte, wie ich es getan habe. Die Qual der Angst, die ich durchmachte, als ich mich dem langhalsigen Wesen näherte, war etwas Schreckliches. Angenommen, die Giraffe würde durch das Brüllen des Löwen geweckt werden, bevor ich dort ankam, und davonlaufen, um dem Schicksal zu entkommen, das mich erwartete? Ich wäre fast umgefallen, so nervös war ich, und der Löwe war jetzt nicht mehr als hundert Meter entfernt. Ich konnte seinen Atem hören, als er keuchend weiterkam. Ich habe meine Geschwindigkeit verdoppelt; Seine Hose kam näher und näher, bis ich schließlich nach einem scheinbaren Jahr die Giraffe erreichte, ihren Schwanz packte, mich auf seinen Rücken richtete, an seinem Hals entlang kroch und mich ohnmächtig in den Baum fallen ließ, gerade als der Löwe auf die Giraffe sprang zurück und kam auf mich zu. Was dann geschah, weiß ich nicht, denn wie ich schon sagte, bin ich ohnmächtig geworden; Aber ich weiß, dass die Giraffe verschwunden war, als ich zu mir kam, und der Löwe am Fuße des Baumes lag, tot an einem gebrochenen Hals."

„Ich erreichte die Giraffe, richtete mich auf seinen Rücken, kroch an
seinem Hals entlang und ließ mich ohnmächtig auf den Baum fallen."
Kapitel VIII.

„Ein gebrochenes Genick?" forderte Saphira.

„Ja", antwortete der Baron. „Ein gebrochenes Genick! Daraus schloss ich,
dass, als der Löwe den Nacken der Giraffe erreichte, die Giraffe aufgewacht
war und ihren Kopf zur Erde geneigt hatte, was dazu führte, dass der Löwe
kopfüber zu Boden fiel, anstatt wie erwartet im Baum zu landen mit mir."

„Es war wunderbar", sagte Sapphira verächtlich.

„Ja", sagte Ananias, „aber ich glaube nicht, dass ein Löwe sich das Genick
brechen könnte, wenn er von einer Giraffe fällt." Vielleicht war es eine der
glitschigen Ulmenkokosnüsse, die auf ihn gefallen ist."

„Natürlich", sagte der Baron und erhob sich, „das hängt alles von der Größe
der Giraffe ab." Meiner war der höchste, den ich je gesehen habe."

„Wie groß ist sie ungefähr?" fragte Ananias.

„Nun", antwortete der Baron nachdenklich, als würde er berechnen, „haben Sie jemals den Eiffelturm gesehen?"

„Ja", sagte Ananias.

„Nun", bemerkte der Baron, „ich glaube nicht, dass meine Giraffe mehr als halb so groß war."

Mit dieser Wertschätzung verabschiedete der Baron seine Gäste aus dem Zimmer und schüttelte sich selbst mit einem ruhigen Lächeln die Hand.

"Herr. und Frau Ananias sind charmante Leute", kicherte er, „aber beide Amateure – tödliche Amateure."

IX.
DEKO-TAG AUF DEN KANNIBALINSELN

„ ONKEL MUNCH ", sagte Diavolo, als er auf den Schoß des alten Kriegers kletterte, „ich glaube nicht, dass du uns eine Geschichte über den Dekorationstag erzählen könntest, oder?"

„Ich denke, ich könnte es versuchen", sagte Herr Münchhausen, während er nachdenklich an seiner Zigarre zog und mit dem Rauch einen Ring erzeugte, damit Angelica ihren kleinen Daumen festhalten konnte. „Vielleicht versuche ich es – aber es hängt alles davon ab, ob Sie möchten, dass ich Ihnen etwas über den Dekorationstag erzähle, wie er in den Vereinigten Staaten gefeiert wird, oder wie eine Gruppe von Missionaren, die ich einst auf den Kannibaleninseln kannte, ihn zwanzig Jahre lang begangen hat, oder mehr."

„Warum können wir nicht beide Geschichten haben?" sagte Angelica. „Ich denke, das wäre der schönste Weg. Zwei Geschichten sind doppelt so gut wie eine."

„Nun, ich weiß es nicht", erwiderte Herr Münchhausen. „Sehen Sie, das Problem besteht darin, dass ich Ihnen zunächst nur sagen kann, wie schön es ist, dass die Menschen jedes Jahr einen besonderen Tag haben, an dem sie besonders das Andenken der edlen Männer ehren, die bei der Verteidigung ihr Leben ließen ihr Land. Ich bin kein großer Dichter und es braucht einen Dichter, um auszudrücken, wie schön und großartig das alles ist, und deshalb sollte ich Angst haben, es zu versuchen. Außerdem könnte es eure kleinen Herzen traurig machen, wenn ich über die fast unzähligen Helden nachdenken würde, die sich töten ließen, damit ihre Mitbürger in Frieden und Glück leben können. Ich müsste Ihnen von Hunderten und Aberhunderten von Gräbern erzählen, die über die Schlachtfelder verstreut sind und von denen niemand etwas weiß, und die, weil niemand von ihnen weiß, überhaupt nicht geschmückt sind, es sei denn, die Natur selbst wäre so freundlich, etwas zuzulassen Löwenzahn oder ein Gänseblümchenbeet ins Geheimnis, damit sie auf dem grünen Gras über diesen vergessenen, unbekannten Helden wachsen können, die ihre Häuser verließen, abgeschossen wurden und von denen man danach nie wieder etwas hörte."

„Werden alle Helden getötet?" fragte Angelica.

„Nein", sagte Herr Münchhausen. „Ich und viele andere haben die Kriege miterlebt und leben noch."

„Nun, wie wäre es mit den Missionaren?" sagte Diavolo. „Ich wusste nicht, dass es auf den Kannibaleninseln einen Tag der Dekoration gibt."

„Das habe ich auch nicht getan, bis ich dort ankam", erwiderte der Baron. „Aber sie haben es und sie haben es im Juli statt im Mai. Es war eines der merkwürdigsten Dinge, die ich je gesehen habe, und den Eingeborenen, den Männern, die früher Kannibalen waren, gefiel es so gut, dass sie, wenn die Missionare es vergessen sollten, sie entweder daran erinnerten oder eine eigene Feier veranstalteten . Ich weiß nicht, ob ich Ihnen jemals von meiner ersten Erfahrung mit den Kannibalen erzählt habe – oder?"

„Ich erinnere mich nicht daran, aber wenn du es getan hättest, hätte ich es getan", sagte Diavolo.

„Das würde ich auch tun", sagte Angelica. „Ich erinnere mich an fast alles, was du sagst, außer wenn ich möchte, dass du es noch einmal sagst, und selbst dann habe ich es nicht vergessen."

„Nun, es ist so passiert", sagte der Baron. „Das war, als ich neunzehn Jahre alt war. Damals dachte ich irgendwie, dass ich gerne Seemann werden würde, und da mein Vater daran glaubte, dass man mich ausprobieren lassen sollte, was immer ich wollte, nahm ich eine Stelle als Erster Offizier einer Dampfbrigg an, die zwischen San Francisco und Nepal verkehrte San Francisco lieferte Tomatenkonserven nach Nepal und brachte Nepal-Pfeffer zurück nach San Francisco, was in beide Richtungen mehrere Dollar einbrachte. Vielleicht sollte ich Ihnen erklären, dass Nepalpfeffer rot und scharf ist; Nicht so heiß wie ein Ofenfeuer, aber heiß genug für deinen Papa und mich, wenn wir in einem Club Austern bestellen und sie so kalt serviert bekommen, dass wir denken, sie brauchen etwas mehr Wärme, um sie schmackhaft und bekömmlich zu machen. Du bist noch nicht alt genug, um die Bedeutung von Wörtern wie „schmackhaft" und „verdaulich" zu kennen, aber eines Tages wirst du es sein und dann wirst du wissen, was dein Onkel meint. Jedenfalls war es auf der Rückreise von Nepal, dass der Wassertank der *Betsy S.* leer war und wir an der ersten Stelle anhalten mussten, die wir konnten, um ihn mit frischem Wasser aufzufüllen. Also segelten wir weiter, bis wir eine Insel in Sicht kamen, und der Kapitän ernannte mich und zwei Matrosen zu einem Dreierkomitee, um an Land zu gehen und zu sehen, ob es irgendwo in der Nähe eine Quelle gab. Wir gingen und das erste, was uns bewusst wurde, war, dass wir uns inmitten einer Menge heulender, hungriger Wilder befanden, die verrückt danach waren, uns zu fressen. Meine Gefährten wurden gefressen, aber als ich an der Reihe war, versuchte ich, mit dem Häuptling zur Vernunft zu kommen. „Sehen Sie mal, mein Freund", sagte ich, „ich bin durchaus bereit, bei Ihrem Frühstück serviert zu werden, wenn ich nur davon überzeugt sein kann, dass es Ihnen Spaß machen wird, mich zu essen." Was ich nicht will, ist, dass mein Leben verschwendet wird!' „Das ist durchaus vernünftig", sagte er. „Hast du eine Kostprobe von dir dabei, damit ich sie probieren kann?" „Das habe ich", antwortete ich und holte eine Flasche Nepalpfeffer hervor, die ich glücklicherweise zufällig in meiner Tasche hatte. „Das ist ein Teil meines linken Fußes, gepudert." „Es wird Ihnen eine Vorstellung davon geben, wie ich schmecke", fügte ich hinzu. „Wenn dir das gefällt, wirst du mich mögen." Wenn du es nicht tust, wirst du es nicht tun.""

„Das war in Ordnung", sagte Diavolo. „Du hast auch ziemlich genau die Wahrheit gesagt, Onkel Munch, denn du bist ja selbst ein heißer Kerl, nicht wahr?"

„Ich bin so rücksichtsvoll, mein Junge", sagte Herr Münchhausen. „Der Häuptling nahm einen Teelöffel Pfeffer in einem Zug und ließ mich gehen, als er sich erholt hatte. Er sagte, er vermute, dass ich nicht ganz sein Stil sei, und meinte, ich sollte besser gehen, bevor ich die Stadt in Brand stecke. Also füllte ich den Wassersack, stieg in das Ruderboot und machte mich auf den Rückweg zum Schiff, aber die *Betsy S.* war verschwunden und ich musste den ganzen Weg nach San Francisco rudern, eintausendfünfhundertsechzig. zwei Meilen entfernt. Der Kapitän und die Besatzung hatten uns alle verloren gegeben. Ich habe die Strecke in sechs Wochen zurückgelegt, mich von Wasser und Nepalpfeffer ernährt, und als ich schließlich zu Hause ankam, sagte ich meinem Vater, dass ich mir schließlich nicht so sicher sei, ob mir das Leben eines Seemanns gefalle. Aber ich habe diese Kannibalen und ihre Insel nie vergessen, wie Sie sich vielleicht vorstellen können. Sie und ihr Zuhause haben mich schon immer sehr interessiert und ich habe beschlossen, dass ich, falls das Schicksal mich noch einmal in diese Richtung treiben sollte, an Land gehen und nachsehen würde, wie es den Menschen geht. Das Schicksal ließ mich jedoch noch lange nicht dorthin zurück, denn erst im Juli vor zehn Jahren erreichte ich das zweite Mal dort. Ich war mit einem englischen Freund auf einem Segelausflug, als wir eines Nachmittags vor der Kannibaleninsel vor Anker gingen.

„„Lass uns an Land gehen', sagte ich. ‚Wozu?' sagte mein Gastgeber; und dann erzählte ich ihm die Geschichte und wir gingen, und es war gut, dass wir das taten, denn dann und dort entdeckte ich die neue Art und Weise, wie die Missionare den Dekorationstag feierten.

„Kaum waren wir gelandet, bemerkten wir, dass die Insel zivilisiert war. Es gab Kirchen, und statt Zelten und Lehmhütten tauchten hier und da zwischen den Bäumen wunderschöne Wohnhäuser auf. „Ich glaube, das ist nicht die Insel", sagte mein Gastgeber. „Hier gibt es keine Kannibalen." Ich wollte gerade empört antworten, weil ich befürchtete, dass er an der Wahrheit meiner Geschichte zweifelte, als wir von der Spitze eines nicht weit entfernten Hügels Musik hörten. Wir gingen nachsehen, woher es kam, und was haben wir wohl gesehen? Fünfhundert bösartig aussehende Kannibalen marschierten zu zehnt nebeneinander eine schöne Straße entlang, und die

Missionare und ihre Freunde sowie ihre Kinder und ihre Frauen jubelten ihnen von den Balkonen der Häuser an der Straße zu.

„„Das kann doch nicht der richtige Ort sein"", sagte mein Gastgeber noch einmal.

„„Ja, das ist es', sagte ich, ‚nur es wurde konvertiert. Sie müssen irgendein einheimisches Fest feiern.' Dann, während ich sprach, stoppte die Prozession und der Hauptmissionar, gefolgt von einer Gruppe wunderschöner Mädchen, kam von einer Plattform herunter und legte Blumengirlanden und wunderschöne Kränze auf die Schultern und Köpfe dieser reformierten Kannibalen. In weniger als einer Stunde war jeder einzelne der riesigen schwarzen Kerle mit Rosen, Nelken und duftenden Blumen aller Art bedeckt, und dann begannen sie wieder mit der Parade. Es war ein schöner Anblick, aber ich konnte nicht verstehen, wofür das alles getan wurde, bis ich an diesem Abend mit dem Obermissionar zu Abend gegessen habe – und was glauben Sie, was das war?"

„Ich gebe es auf", sagte Diavolo, „vielleicht dachten die Missionare, die Kannibalen hätten nicht genug Kleidung an."

„Ich schätze, ich kann es nicht erraten", sagte Angelica.

„Sie feierten den Tag der Dekoration", sagte Herr Münchhausen. „Sie streuten Blumen auf die Gräber verstorbener Missionare."

„Sie feierten den Tag der Dekoration ... und streuten Blumen auf die Gräber verstorbener Missionare." *Kapitel IX.*

„Sie haben uns nichts von irgendwelchen Gräbern erzählt", sagte Diavolo.

„Natürlich habe ich es getan", sagte der Baron. „Die Kannibalen selbst waren die einzigen Gräber, die diese armen verstorbenen Missionare jemals hatten. Jeder dieser fünfhundert Wilden war das Grab eines Missionars, meine Lieben, und nachdem sie bekehrt worden waren und ihnen beigebracht wurde, dass es nicht gut sei, ihre Mitmenschen zu essen, taten sie danach alles in ihrer Macht Stehende, um ihre Reue zu zeigen und am Leben zu bleiben die Erinnerung an die Männer, die sie am Gedenktag so schlecht behandelt hatten, indem sie sich selbst schmückten – und ein alter Kerl, der am wildesten aussah, jetzt aber das gutherzigste Wesen der Welt war, trug immer ein riesiges Schild um den Hals, auf dem er hatte in großen schwarzen Buchstaben gemalt:

HERE LIES

JOHN THOMAS WILKINS,

SAILOR.

DEPARTED THIS LIFE, MAY 24TH, 1861.

HE WAS A MAN OF SPLENDID TASTE.

HIER LIEGT
JOHN THOMAS WILKINS, SEEMANN. VERLIERT DIESES LEBEN
AM 24. MAI 1861. ER WAR EIN MANN VON HERRLICHEM
GESCHMACK.

„Der alte Kannibale hatte Wilkins gefressen und später, als er bekehrt worden war und erkannte, dass er selbst das Grab eines würdigen Mannes war, widmete er als Sühne sein Leben dem Andenken an John Thomas Wilkins, und zwar weiter Am Dekorationstag der Cannibal Island lag er den ganzen Tag flach auf dem Boden und stöhnte unter der Last von hundert Topfpflanzen, die er sich zum Gedenken an Wilkins auf den Kopf stellte.“

Hier hielt Herr Münchhausen inne, um Luft zu holen, und die Zwillinge gingen in den Garten, um sich mithilfe einiger praktischer Experimente vorzustellen, wie ein Kannibale aussehen würde, wenn hundert Topfpflanzen seinen Körper schmücken.

X
HERR. Münchhausens Abenteuer mit einem Hai

Mr. and Mrs. Henry B. Ananias.

THURSDAYS.   **CIMMERIA.**

Herr und Frau Henry B. Ananias.
DONNERSTAG. CIMMERIA.

DIES war die Karte, die der Reporter der *Gehenna Gazette* und Frau Ananias Herrn Münchhausen nach seiner Rückkehr von einer Reise in die Reiche der Sterblichen schickten, über die viele seltsame Berichte in Umlauf gekommen sind. Aufgrund eines einst hartnäckig kursierenden Gerüchts sei Herr Münchhausen von einem Hai gefressen worden, und zwar mit der Absicht, wenn möglich die Grundlage für das Gerücht herauszufinden, dass Ananias und Sapphira den gefürchteten Baron von früher aufsuchten.

Herr Münchhausen empfing die Anrufer freundlich und fragte, was er für sie tun könne.

„Unsere Leser, Herr Münchhausen", erklärte Ananias, „waren sehr besorgt über Gerüchte über Ihren Tod durch einen Hai."

„Haie haben keine Hände", sagte der Baron leise.

„Na ja, abgesehen davon", bemerkte Ananias. „Wurde dich ein Hai getötet?"

„Ich erinnere mich nicht", sagte der Baron. „Vielleicht war ich es, aber ich kann mich nicht daran erinnern. Tatsächlich erinnere ich mich nur an ein Abenteuer mit einem Hai. Das entstand aus meiner Mission im Namen Frankreichs beim Zaren von Russland. Ich trug einmal Briefe des Königs von Frankreich an seinen kaiserlichen Zaren."

„Welche Art hatten die Briefe?" fragte Ananias.

„Ich wusste es nie", antwortete der Baron. „Wie gesagt, es war eine geheime Mission, und die französische Regierung hat mich nie ins Vertrauen gezogen.

Das Einzige, was ich darüber weiß, ist, dass ich nach St. Petersburg geschickt wurde, und ich bin dort hingegangen, und im Laufe der Zeit habe ich mich sowohl beim Volk als auch bei Seiner Majestät dem Zaren sehr beliebt gemacht. Ich bin der einzige Mensch, der jemals gelebt hat und den beide gleichermaßen mochten, und wenn ich mich dauerhaft dem Zaren angeschlossen hätte, wäre Russland heute ein anderes Land gewesen."

„Welches Land wäre das gewesen, Herr Münchhausen", fragte Sapphira unschuldig, „Deutschland oder Siam?"

„Das kann ich nicht genau sagen, meine liebe Madame", antwortete der Baron. „Das wäre nicht fair. Aber ich reiste jedenfalls nach Russland und wurde von allen herzlich empfangen, mit Ausnahme des Klimas, das wie immer sehr eiskalt war. Das ist der Grund, warum das russische Volk das Klima mag. Es ist das Einzige, was der Zar nicht durch kaiserlichen Erlass ändern kann, und das Volk bewundert seine Unabhängigkeit und erträgt sie aus diesem Grund. Aber wie gesagt, alle waren mit mir zufrieden, und der Zar schenkte mir ungewöhnliche Aufmerksamkeit. Er veranstaltete Feste zu meinen Ehren. Er gab die fürstlichsten Abendessen, und ich lernte die allerbesten Leute in St. Petersburg kennen, und bei einem dieser Abendessen wurde ich zu einer Yachtparty auf einer Kreuzfahrt um die Welt eingeladen.

„Nun ja, obwohl ich im wahrsten Sinne des Wortes ein Landmann bin, liebe ich das Segeln, und ich habe die Einladung sofort angenommen. Die Yacht, auf der wir fuhren, war die Boomski Zboomah, die dem Prinzen gehörte – ähm – wie hieß dieser Prinz! Etwas wie – ähm – Sheeroff oder Jibski – oder – ähm – na ja, egal. Ich treffe so viele Prinzen, dass es schwierig ist, sich an ihre Namen zu erinnern. Wir werden sagen, sein Name war Jibski."

„Angenommen, wir tun es", sagte Ananias mit einem eifersüchtigen Grinsen. „Jibski ist so ein bemerkenswerter Name. Im Druck wird es gut aussehen."

„In Ordnung", sagte der Baron, „Jibski sei es. Die Yacht gehörte Prinz Jibski und sie war eine Schönheit. Es gab eine Kabine und einen Steward für jeden an Bord, und nichts, was zum Komfort eines Mannes beitragen konnte, wurde unbeaufsichtigt gelassen. Am 23. August stachen wir in See, und nachdem wir ein oder zwei Wochen lang die Nordküste Europas umrundet hatten, steuerten wir das Schiff nach Süden, und etwa Mitte September erreichten wir die Amphibieninseln und ankerten. Hier hatte ich meine erste und letzte Erfahrung mit Haien. Wenn es einfache, gewöhnliche Haie gewesen wären, hätte ich es leicht gehabt, aber wenn man diese Amphibienhaie erwischt, wird man wahrscheinlich in 23 verschiedene Arten von Schwierigkeiten geraten."

"Mein!" sagte Saphira. "Alle diese? Schließt die Zahl auch den Blitzeinschlag ein?"

„Ja", antwortete der Baron, „und wenn Sie bedenken, dass es insgesamt nur vierundzwanzig verschiedene Arten gibt, können Sie erkennen, in welche Schwierigkeiten ein Amphibienhai Sie bringen kann. Ich dachte, meine letzte Stunde sei gekommen, als ich ihn traf. Sehen Sie, als wir die Amphibieninseln erreichten, dachten wir natürlich, wir würden gerne an Land gehen und die Kokosnüsse, Rosinen und andere Dinge pflücken, die dort wachsen, und als ich wieder an Land kam, verspürte ich die starke Versuchung, in die Schönheit hineinzugehen kleinen Strand im Hafen und schwimmen gehen. Prinz Jibski riet mir davon ab, aber ich wollte unbedingt gehen. Er erzählte mir, dass der Ort voller Haie sei, aber ich hatte keine Angst, weil ich immer ein bemerkenswert schneller Schwimmer war, und ich war zuversichtlich, dass ich in der Lage sein würde, an Land zu schwimmen, bevor er es überhaupt konnte, falls ich einen Hai hinter mir herkommen sehen sollte Fangen Sie mich, vorausgesetzt, ich hatte zehn Yards Start. Also ging ich hinein und ließ meine Waffe und Kleidung am Strand zurück. Oh, es hat Spaß gemacht! Das Wasser war ziemlich warm und der Sandboden der Bucht war herrlich weich und angenehm für die Füße. Ich schätze, ich habe zehn oder fünfzehn Minuten lang in den Wellen herumgespielt, bevor es zu dem Problem kam. Ich hatte gerade einen Salto im Wasser gemacht, als ich, als mein Kopf an die Oberfläche kam, direkt vor mir die unverkennbare Flosse eines Hais sah, und zu meiner unbeschreiblichen Bestürzung nicht mehr als einen Meter entfernt. Wie ich Ihnen schon sagte, wenn es zehn Meter entfernt gewesen wäre, hätte ich keine Angst gehabt, aber fünf Fuß bedeutete eine ganz andere Geschichte. Mein Herz sprang mir fast bis zum Hals. Hätte ich sie angezogen, wäre er in meinen Stiefeln versunken, aber das hatte ich nicht getan, also sprang er nach oben in meinen Mund, als ich mich umdrehte, um an Land zu schwimmen. Zu diesem Zeitpunkt hatte der Hai den Abstand zwischen uns um einen Fuß verringert. Ich befürchtete, dass mit mir alles vorbei sei, und überlegte gerade, wie ich passende letzte Worte sagen sollte, als Prinz Jibski, der meine Gefahr bemerkte, eine der Kanonen der Yacht in unsere Richtung abfeuerte. Normalerweise wäre das nutzlos gewesen, denn die Kanone der Yacht war nie mit etwas anderem als einer Blindladung geladen, aber in diesem Fall war es besser, als wenn sie mit Kugeln und Schrot geladen gewesen wäre, denn nicht nur das Geräusch der Explosion lockte die Menschen an Ich erregte die Aufmerksamkeit des Hais und veranlasste ihn, einen Moment innezuhalten, aber auch die Watte der Waffe fiel direkt auf meinen Rücken und zeigte so, dass Prinz Jibskis Ziel nicht so gut war, wie es hätte sein können. Wäre die Kanone mit einer Kugel oder einer Granate geladen gewesen, können Sie sich sehr gut vorstellen, wie es dazu gekommen wäre, dass Ihre Kanone auf der Stelle getötet worden wäre."

„Wir hätten dich vermissen sollen", sagte Ananias süß.

„Danke", sagte der Baron. „Aber um fortzufahren. Die Pause des Hais gab mir den nötigen Schrecken, und die Hitze der brennenden Watte direkt zwischen meinen Schultern veranlasste mich, meine Anstrengungen zu verdoppeln, um dem Hai und ihm zu entkommen, so dass ich nie in meinem Leben schneller schwamm und bald aufstand am Ufer und verspottete meinen ängstlichen Verfolger, der seltsamerweise keine Neigung zeigte, die Jagd abzubrechen, jetzt, da ich, wie ich dachte, sicher außerhalb seiner Reichweite war. Ich habe nicht lange gespottet, das kann ich Ihnen sagen, denn im nächsten Moment habe ich gesehen, warum der Hai nicht aufgehört hat, mich zu verfolgen, und warum Amphibienhaie schlimmer sind als jede andere Art. Dieser Hai hatte nicht nur Flossen wie alle anderen Haie zum Schwimmen, sondern auch drei Beinpaare, die er an Land genauso gut benutzen konnte wie die Flossen im Wasser. Und dann begann die schönste Verfolgungsjagd, die Sie jemals in Ihrem Leben gesehen haben. Als er aus dem Wasser auftauchte, schnappte ich mir meine Waffe und rannte los. Wir rasten um die Insel herum, ich voraus, er dreißig oder vierzig Meter hinter mir, bis ich an eine Stelle kam, an der ich mit dem Laufen aufhören und hastig auf ihn schießen konnte. Dann zielte ich und feuerte. Ich hatte gut gezielt, traf aber einen der Zähne der riesigen Kreatur, brach sie kurz ab und sprang zur Seite. Das machte ihn wütender als je zuvor und er verdoppelte seine Anstrengungen, mich zu fangen. Ich verdoppelte meinen Schuss, bis ich einen weiteren Schuss auf ihn abgeben konnte. Der zweite Schuss traf die Kreatur wie der erste in die Zähne, nur war er dieses Mal effektiver. Die Kugel traf seinen Kiefer der Länge nach und schlug jeden Zahn auf dieser Seite seines Kopfes in seine Kehle. So ging es. Ich bin gerannt. Er verfolgte. Ich habe geschossen; Er verlor seine Zähne, bis ich schließlich alle Zähne ausgeschlagen hatte, die er hatte, und dann hatte ich natürlich keine Angst vor ihm und ließ ihn mitkommen. Mit seinen Zähnen hätte er mich mit einem Biss in Atome zermahlen können. Ohne sie war er so machtlos wie eine Schüssel Johannisbeergelee, und als er seine riesigen Kiefer öffnete, als er mich in zwei Teile beißen wollte, war er der am meisten überraschte Fisch, den man jemals an Land oder auf See gesehen hat, als er feststellte, dass die Wirkung seine Wirkung hatte Die Kiefer, die auf meine Sicherheit gewirkt hatten, waren ungefähr so groß, als wären sie nur zwei Federbettmatratzen gewesen."

„Du musst aber große Angst gehabt haben", sagte Ananias.

„Nein", sagte der Baron. „Ich lachte dem armen, enttäuschten Ding ins Gesicht, und mit einem Schrei der Verzweiflung stürzte er wieder zurück ins Meer. Ich bin so schnell wie möglich zur Yacht zurückgekehrt, aus Angst, er könnte mit Hilfe zurückkehren."

„Ich lachte dem armen, enttäuschten Ding ins Gesicht, und mit einem Schrei der Verzweiflung stürzte er zurück ins Meer." *Kapitel X.*

„Und haben Sie ihn nie wieder gesehen, Baron?" fragte Saphira.

„Ja, aber nur vom Deck der Yacht aus, als wir den Anker lichteten", sagte Herr Münchhausen. „Ich sah, wie er und ein Dutzend anderer wie er genau das taten, was ich erwartet hatte: Sie gingen an Land, um mich aufzuspüren, um zum Abendessen einen kleinen kalten Munch zu essen. Ich bin froh, dass sie enttäuscht waren, nicht wahr?"

„Ja, tatsächlich", sagten Ananias und Sapphira, aber nicht herzlich.

Ananias schwieg einen Moment, dann ging er zu einem der Bücherregale und kehrte kurz darauf zurück, einen riesigen Atlas mitbringend.

„Wo sind die Amphibieninseln, Herr Münchhausen?" sagte er und öffnete das Buch. „Zeig sie mir auf der Karte. Ich möchte die Karte mit meiner Geschichte ausdrucken."

„Oh, das kann ich nicht", sagte der Baron, „weil sie nicht mehr auf der Karte sind. Als ich nach Europa zurückkam und den Kartographen von den Gefahren für den Menschen auf diesen Inseln erzählte, sagten sie, dass das Interesse der Menschheit es verlange, sie zu verlieren. Also haben sie sie aus allen Geographien und allen Zyklopädien und allen anderen Büchern entfernt, damit niemand jemals wieder in Versuchung kommen sollte, dorthin zu gehen; und es gibt heute auf der Welt keinen Lehrer oder Matrosen, der Ihnen sagen könnte, wo sie sind.

„Aber wissen Sie doch, nicht wahr?" beharrte Hananias.

„Nun, das habe ich", sagte der Baron; „Aber ich musste mich wirklich an so viele andere Dinge erinnern, dass ich das vergessen habe. Ich weiß nur, dass sie ihren Namen aufgrund der Tatsache erhielten, dass sie von Amphibientieren befallen waren, also Tieren, die sowohl an Land als auch auf dem Wasser leben können."

"Wie merkwürdig!" sagte Saphira.

„Es ist einfach zu seltsam für alles", sagte Ananias, „aber im Großen und Ganzen bin ich nicht überrascht."

Und der Baron sagte, er sei froh, das zu hören.

XI
DER BARON ALS LÄUFER

DIE Zwillinge waren seit mindestens einer Stunde auf der Suche nach dem Baron, aber er kam immer noch nicht, und die kleinen Kobolde wurden langsam traurig wegen der Aussicht, die übliche Sonntagnachmittagsgeschichte zu hören. Es war nach vier Uhr, und solange sie zurückdenken konnten, war der Baron nie um drei Uhr vorbeigekommen. Alle möglichen schrecklichen Möglichkeiten tauchten vor ihrem geistigen Auge auf. Sie stellten sich den Baron bei Unfällen aller Art vor. Sie beschworen Visionen von ihm herauf, wie er verwundet unter den Ruinen eines Wohnhauses lag, oder von etwas anderem, das ebenso schwer war, das ihn auf dem Weg von seinen Zimmern zum Bahnhof hätte treffen können, aber dass er mehr als verwundet war, glaubten sie nicht, denn Sie wussten, dass der Baron nicht der Typ Mann war, der von irgendetwas Tödlichem unter der Sonne getötet werden konnte.

„Ich frage mich, wo er sein kann?" sagte Angelica unbehaglich zu ihrem Bruder, der mit der gleichen Sorge auf ihren gemeinsamen Freund wartete.

„Oh, ihm geht es gut!" sagte Diavolo mit einer Zuversicht, die er nicht wirklich empfand. „Er wird in Ordnung sein, und selbst wenn er sich zwei Stunden verspätet, wird er seiner Uhr zufolge pünktlich hier sein. Warten Sie einfach ab."

Und sie warteten und sie sahen. Sie warteten zehn Minuten, als der Baron vorfuhr, lächelnd wie immer, aber offenbar etwas außer Atem. Ich würde nicht wagen zu behaupten, dass er wirklich außer Atem war, aber er schien es auf jeden Fall zu sein, denn er keuchte sichtlich und war zwei oder drei Minuten lang nach seiner Ankunft völlig außerstande, den Imps die übliche Frage nach ihrem Zustand zu stellen sehr gute Gesundheit. Schließlich wurden jedoch die üblichen Höflichkeiten zur Begrüßung ausgetauscht und die Decks wurden für den Einsatz freigegeben.

„Was hat dich gehalten, Onkel Munch?" fragten die Zwillinge, als sie ihre gewohnte Position auf den Knien des Barons einnahmen.

"Was was?" antwortete der Krieger. "Hielt mich? Warum bin ich zu spät?"

„Zwei Stunden", sagten die Zwillinge. „Papa hat dich aufgegeben und ist spazieren gegangen."

„Unsinn", sagte der Baron. „Ich bin nie so spät dran."

Hier schaute er auf seine Uhr.

„Warum ich hinter der Zeit zu sein scheine. Mit unseren Uhren muss etwas nicht stimmen. Ich kann nicht zwei Stunden zu spät kommen, wissen Sie."

„Nun, nehmen wir an, Sie sind pünktlich", sagten die Zwillinge. "Was hat dich abgehalten?"

„Ein sehr komischer Unfall auf der Eisenbahn", sagte der Baron und zündete sich eine Zigarre an. „Der seltsamste Unfall, der mir jemals auf der Eisenbahn passiert ist. Unser Motor ist durchgebrannt."

Die Zwillinge lachten, als dachten sie, der Baron wolle sie täuschen.

„Wirklich", sagte der Baron. „Ich verließ die Stadt wie immer mit dem Zwei-Uhr-Zug, der, wie Sie wissen, in einer halben Stunde ohne Halt durchkommt. Alles verlief reibungslos, bis wir das Vitriol-Reservoir erreichten, wo der Zug zur Überraschung aller zum Stillstand kam. Ich vermutete, dass eine Kuh auf der Strecke war, und blieb daher wie alle anderen drei oder vier Minuten lang auf meinem Sitz sitzen. Schließlich kam der Schaffner vorbei und rief dem Bremser am Ende unseres Wagens zu, ob seine Bremsen in Ordnung seien.

„‚Es ist das Unerklärlichste', sagte er zu mir. „Hier ist dieser Zug zum Stillstand gekommen und ich kann nicht verstehen, warum." Bei keinem der Autos ist eine Bremse defekt, und es gibt keinen irdischen Grund, warum wir nicht weiterfahren sollten.'

„‚Vielleicht hat jemand eine Flasche Kleber auf das Gleis geworfen', sagte ich. Ich ärgere den Schaffner immer gerne, wissen Sie, aber was das betrifft, erinnere ich mich an eine Zeit, als ich mit einem Zug der South American Railway unterwegs war wurde von Straßenräubern angehalten, die die Gleise mit einer eigenartigen Art von Kaugummi beschmierten. Sie hatten es über drei Meilen Gleis verteilt, und nachdem der Zug knapp über zwei Meilen davon gefahren war, blieben die Räder so schnell hängen, dass zehn Lokomotiven es nicht hätten bewegen können. Das war eine schreckliche Angelegenheit."

„Ich glaube nicht, dass wir jemals davon gehört haben, oder?" fragte Angelica.

„Ich erinnere mich nicht daran", sagte Diavolo.

„Nun, Sie hätten sich daran erinnert, wenn Sie jemals davon gehört hätten", sagte der Baron. „Es war zu schrecklich, um vergessen zu werden – nicht für uns, wissen Sie, sondern für die Räuber. Es war einer der Kaiserzüge in Brasilien, und wenn ich nicht gewesen wäre, wäre der Kaiser entführt und als Lösegeld festgehalten worden. Der Zug wurde durch dieses klebrige Zeug zum Stillstand gebracht, wie ich Ihnen bereits erzählt habe, und die Desperados stiegen in die Waggons und machten sich daran, uns unsere Habseligkeiten wegzunehmen. Der Kaiser saß in meinem Wagen, und die

Räuber machten sich direkt auf den Weg zu ihm, aber als ich ihre Absicht erahnte, folgte ich ihnen dicht auf den Fersen.

„'Ihr seid unser Spiel', sagte der Oberräuber und klopfte dem Kaiser auf die Schulter, als er in den Wagen des Kaisers stieg.

„'Hände weg', schrie ich und warf den Grobian zur Seite.

„Er blickte mich schrecklich finster an, der Kaiser sah überrascht aus, und ein anderer der Räuber fragte mich, wer ich sei, dass ich mit so viel Autorität sprechen sollte. 'Wer bin ich?' sagte ich und zwinkerte dem Kaiser zu. 'Wer bin ich? Wer sonst als Baron Münchhausen von der Nationalgarde Bodenwerder, Ex-Freund Napoleons von Frankreich, Vertrauter des japanischen Mikado und weltweit bekannt als der tödlichste Schütze zweier Hemisphären?

„Die Desperados erblassten sichtlich, während ich sprach, und nachdem sie sich gebührend dafür entschuldigt hatten, dass sie den Zug behindert hatten, flohen sie schreiend aus dem Waggon. Sie hatten schon einmal von mir gehört.

„Ich danke Ihnen, Herr', begann der Kaiser, als die Möchtegern-Attentäter flohen, aber ich unterbrach ihn. „Sie dürfen nicht entkommen", sagte ich und begann damit, die Verzweifelten zu verfolgen, überholte sie und klebte sie mit dem Kaugummi, den sie für unsere Inhaftierung vorbereitet hatten, an die Wand eines Abgrunds, der plötzlich anstieg an der Seite der Eisenbahn, hundertzehn Fuß über dem Niveau. Dort habe ich sie zurückgelassen. Mit unseren Dampfheizgeräten schmolzen wir den Leim von den Gleisen und machten uns schon bald fröhlich auf den Weg nach Rio Janeiro, wo ich wochenlang ununterbrochen von den Leuten gefeiert und bewirtet wurde, auch wenn das Verhalten des Kaisers mir gegenüber sehr seltsam war Cool."

„Und sind die Räuber jemals untergekommen?" fragten die Zwillinge.

„Ja, aber nicht so, wie es ihnen gefiel", antwortete Herr Münchhausen. „Die Sonne kam heraus und nach ein oder zwei Wochen schmolz der Kleber, der sie am Abgrund hielt, woraufhin sie auf den Grund fielen und in so kleine Stücke zerschmetterten, dass man einen Monat später kein einziges Atom mehr von ihnen finden konnte." Auf meiner Rückfahrt bin ich noch einmal an diesem Weg vorbeigekommen."

„Und hat der Kaiser dich nicht gut behandelt, Onkel Munch?" fragten die Kobolde.

„Nein – wie ich schon sagte, er war mir gegenüber sehr kühl, und ich konnte es damals nicht verstehen, aber jetzt verstehe ich es", sagte der Baron. „Sehen Sie, er brauchte dringend Bargeld, der Kaiser, und da die Steuerzahler bereits über die Ausgaben der Regierung murrten, wagte er es nicht, das Geld durch eine Steuer aufzubringen. Also arrangierte er mit den Desperados, den Zug anzuhalten, ihn zu fangen und als Lösegeld festzuhalten. Als dann das Lösegeld kam, wollte er sich mit ihnen teilen. Mein plötzliches Erscheinen, gepaart mit meiner Entschlossenheit, ihn zu retten, machten seinen Plan zunichte, und so war er natürlich nicht sehr dankbar. Armer Kerl, es tat mir hinterher sehr leid, denn er war wirklich ein ausgezeichneter Herrscher, und sein Plan, das Geld, das er brauchte, aufzubringen, war kein bisschen weniger ehrlich als die meisten anderen Methoden, mit denen Herrscher Einnahmen für Staatszwecke erzielen."

„Nun, jetzt kommen wir zurück zum außer Kontrolle geratenen Motor", sagten die Zwillinge. „Sie können uns mehr über Südamerika erzählen, wenn Sie damit fertig sind. Wie kam es, dass der Motor weglief?"

„Es war ganz einfach", sagte der Baron. „Nachdem der Lokführer den Zug gestartet hatte, ging er zurück in den rauchenden Waggon, um Feuer für seine Pfeife zu holen, und während er dort war, brach der Kupplungsstift zwischen der Lokomotive und dem Zug, und die Lokomotive sprang doppelt so schnell an wie zuvor war schon mal unterwegs. Die Entlastung durch das Gewicht des Zuges steigerte sein Tempo auf eine Meile pro Minute statt auf eine Meile in zwei Minuten, und da standen wir an einer Sackgasse vor der Vitriol-Station und hatten nichts, was uns weiterbringen konnte. Als der Lokführer sah, was passiert war, fiel er sofort in Ohnmacht, denn wenn es zu einer Kollision zwischen der außer Kontrolle geratenen Lokomotive und dem vorausfahrenden Zug gekommen wäre, wäre er dafür verantwortlich gewesen."

„Konnte der Feuerwehrmann den Motor nicht abstellen?" fragten die Zwillinge.

"NEIN. „Das heißt, es wäre nicht seine Aufgabe, das zu tun, und diese Eisenbahner sind in solchen Dingen seltsam", sagte der Baron. „Die Lokführer würden streiken, wenn die Eisenbahn einem Heizer gestatten würde, die Lokomotive zu bedienen, und außerdem würde sich der Heizer nicht dazu verpflichten, dies zum Lohn eines Heizers zu tun, also war keine Hilfe zu suchen Dort. Der Schaffner war zufällig kurzsichtig, und so erfuhr er erst, dass der Motor fehlte, als er zehn oder zwanzig Minuten damit vergeudet hatte, die Bremsen zu untersuchen. Zu diesem Zeitpunkt befand sich der Ausreißer natürlich schon kilometerweit auf der Strecke. Dann kam der Ingenieur zu sich und begann auf herzzerreißende Weise die Hände zu ringen und zu stöhnen. Auch der Schaffner fing an zu weinen, und alle Bremser verließen den Zug und machten sich auf den Weg in den Wald. Sie würden keine Mitverantwortung für den Unfall tragen. Ob sie jemals wieder auftauchen werden, weiß ich nicht. Aber ich erkannte so schnell wie alle anderen, dass etwas getan werden musste, also eilte ich ins Telegraphenbüro und telegrafierte an alle Bahnhofsvorsteher zwischen dem Vitriol-Reservoir und Cimmeria, um die Gleise von allen Zügen, Güter-, Nah- und Expresszügen, freizumachen. sonst würde jemand verletzt werden und ich selbst würde es unternehmen, die außer Kontrolle geratene Lokomotive einzufangen. Dies versprachen sie alle, woraufhin ich mich von meinen Mitreisenden verabschiedete und mich selbst mit voller Geschwindigkeit auf den Weg machte. In einer Minute schritt ich an Sulphur Springs vorbei und legte dabei mindestens acht Schwellen am Stück zurück. In zwei Minuten donnerte ich an Lava Hurst vorbei, wo ich erfuhr, dass der Motor zwanzig Meilen von mir entfernt war. Ich führte im Kopf eine schnelle Berechnung durch – ich war schon immer gut im Kopfrechnen, was zeigte, dass ich den Ausreißer vielleicht überholen konnte, bevor er Noxmere erreichte, wenn ich nicht stolperte oder irgendwo abgelenkt wurde. Ich verdoppelte meine Anstrengungen, steigerte meine Schrittweite auf zwanzig Schritte und schaffte die nächsten fünf Meilen in zwei Minuten. Es klingt unmöglich, ist aber in Wirklichkeit nicht so. Am Anfang ist es schwer, so schnell zu laufen, aber wenn man den Anfang geschafft hat, treibt der Schwung, den man auf der ersten Meile des Laufs gesammelt hat, einen schneller voran, und so erhöht sich die Geschwindigkeit von selbst, bis man schließlich so läuft der Wind. Bei Gasdale hatte ich zwei Meilen Vorsprung vor dem Motor, bei Sneakskill lag ich nur fünfzehn Meilen zurück, und bei meiner Ankunft in Noxmere lag kaum eine Meile zwischen mir und dem Flüchtigen. Unglücklicherweise hatte sich in Noxmere eine große Menschenmenge versammelt, um mich passieren zu sehen, und ein kleiner Junge hatte einen Hund mitgebracht, und der Hund stand mir direkt im Weg. Wenn ich den Hund überfahren würde, würde das ihn töten und mich möglicherweise stolpern lassen. Wenn ich mit dem Schwung, den ich hatte, sprang, war nicht abzusehen, wo ich landen würde. Es war schwer, mich so oder so zu entscheiden, aber ich habe mich für den Sprung entschieden, einfach um das Leben des Hundes zu retten, denn ich liebe Tiere. Ich landete drei Meilen die Straße hinauf und vor dem Motor, obwohl ich das erst wusste, als ich zehn Meilen weiter gelaufen war und den Motor bei jedem Schritt hundert Meter hinter mir ließ. Bei Miasmatica entdeckte ich meinen Fehler und versuchte dann aufzuhören. Es war fast umsonst; Ich schleppte meine Füße über die Schwellen, konnte aber nur auf einen Drei-Minuten-Gang abbremsen. Dann versuchte ich, mich umzudrehen und langsamer rückwärts zu laufen. Dadurch verringerte sich meine Geschwindigkeit um zehn Minuten auf die Meile, was es für mich ungefährlich machte, auf dieser Seite von Cimmeria auf einen Heuhaufen am Rande der Eisenbahn zu stoßen. Dann ging es mir natürlich gut. Ich konnte mich hinsetzen und auf den Motor warten, der vierzig Minuten später dröhnend anlief. Als es näher kam, bereitete ich mich darauf vor, an Bord zu gehen, und nach fünf Minuten hatte ich die volle

Kontrolle. Das hat es mir leicht gemacht, ohne weitere Probleme hierher zurückzukehren. Ich habe einfach den Hebel umgelegt, und wir kamen schneller zurück, als ich es beschreiben kann, und nur anderthalb Stunden nach dem Unfall war die außer Kontrolle geratene Lokomotive wieder in ihrem verlassenen Zug und ich erreichte Ihren Bahnhof hier in gutem Zustand. Ich hätte hinaufgehen sollen, wenn ich nach diesem aufregenden Lauf nicht erschöpft gewesen wäre, der mich, wie Sie sehen, sehr außer Atem ließ und es für mich nötig machte, diesen abgenutzten alten Arbeiter anzuheuern, anstatt wie üblich hinaufzugehen .“

„Dadurch verringerte sich meine Geschwindigkeit auf die Meile um zehn Minuten, wodurch es für mich ungefährlich war, in einen Heuhaufen zu rennen.“ *Kapitel XI.*

„Ja, wir sehen, dass Sie außer Atem sind“, sagten die Zwillinge, als der Baron innehielt. „Möchten Sie sich hinlegen und ausruhen?“

„Vor allem“, sagte der Baron. „Ich werde hier ein Nickerchen machen, bis dein Vater zurückkommt“, was er sofort tat.

Während er schlief, blickten ihn die beiden Kobolde neugierig an, Angelica etwas misstrauisch.

„Bub“, sagte sie flüsternd, „glaubst du, das war eine wahre Geschichte?“

„Nun, ich weiß es nicht“, sagte Diavolo. „Wenn jemand anders als Onkel Munch es erzählt hätte, hätte ich es nicht geglaubt. Aber er hasst die Unwahrheit. Ich weiß es, weil er es mir gesagt hat.“

„So denke ich darüber“, sagte Angelica. „Natürlich kann er so schnell laufen, weil er sehr stark ist, aber ich kann mir nicht vorstellen, wie eine Lokomotive jemals vor ihrem Zug davonlaufen könnte.“

„Das ist es, was mich verblüfft“, sagte Diavolo.

XII
HERR. MÜNCHAUSEN TRIFFT SEIN SPIEL

(Berichtet von Henry W. Ananias für die *Gehenna Gazette*.)

ALS Herr Münchhausen, begleitet von Ananias und Sapphira, nach einer langen und anstrengenden Reise von Cimmerien in die kühlen und bewaldeten Höhen der Blue Sulphur Mountains die Portale des Hotels betrat, in dem er den größten Teil seiner Sommer verbringt, war der erste Mensch Beelzebub Sandboy begrüßte ihn – der lockige Kobold, der als „Kopf vorne" des Blue Sulphur Mountain House fungierte, mit funkelnden Augen und schnellen, rennenden Füßen, wie immer bereit für einen Ausflug in jeden Teil der Herberge und … zurück. Als die Gruppe eintrat, war Beelzy, wie der Kobold allgemein genannt wurde, gerade dabei, ein halbes Dutzend Krüge Eiswasser nach oben zu tragen, um durstige Gäste mit dem einzig Notwendigen und Besten zu versorgen, um diesen Durst zu stillen, und das in seiner Aufregung Als er seinen alten Freund, den Baron, wieder erblickte, gelang es ihm, zwei der Krüge mit lautem Krachen auf den Büroboden fallen zu lassen. Dies wurde jedoch von den herrschenden Mächten nicht bemerkt. Beelzy war nicht perfekt, und solange er durchschnittlich weniger als sechs Werfer pro Tag zerschmetterte, war das Management bereit, sich nicht zu beschweren.

„Da geht mein Freund Beelzy", sagte der Baron, als die Krüge fielen. „Ich freue mich, ihn zu sehen. Ich hatte Angst, dass er dieses Jahr nicht hier sein würde, da er, wie ich gehört habe, mit dem Studium der Theologie begonnen hat."

"Theologie?" rief Ananias. „Im Hades?"

„Wie dumm", sagte Sapphira. „Wir brauchen hier keine Prediger."

„Er würde einen hervorragenden Job machen", sagte Herr Münchhausen. „Er ist ein erfahrener Junge und seine Fisch- und Bärengeschichten sind wunderbar. Wenn er sie mit seinen Lehren zum Gee machen könnte, wie er es ausdrückte, wäre er ein enormer Erfolg. Tausende strömten herbei, um ihm allein wegen seiner Bärengeschichten zuzuhören. Was die Dummheit seiner Wahl angeht, halte ich sie für sehr klug. Nicht jeder kann ein Heizer sein, wissen Sie."

Was auch immer die Gründe für Beelzebubs Anwesenheit sein mochten, ob er nun das Theologiestudium aufgegeben hatte oder nicht, er ging seiner alten Berufung mit der gleichen Perfektion der Sorglosigkeit nach wie einst und war mit dem Theologiestudium offenbar nicht weiter gekommen als er im Jahr zuvor war, als er Herrn Münchhausen „für immer Lebewohl" sagte, dass er seinen Freund nun, da er ein frommes Leben führen würde, höchstwahrscheinlich nie wieder treffen würde.

„Ich verstehe nicht, warum sie einen so sorglosen Jungen behalten", sagte Sapphira, als Beelzy sich auf dem ersten Treppenabsatz zu Herrn Münchhausen umdrehte, um ihn anzugrinsen, während er den Inhalt eines seiner Krüge auf den Schoß eines nervösen alten Herrn leerte im Büro unten.

„Er verleiht einem nicht übermäßig aufregenden Ort ein Element der Spannung", erklärte Herr Münchhausen. „An stürmischen Tagen schließen die Männer hier Wetten ab, was Beelzy als Nächstes tun wird. Ein Jahr lang hat er alle rostroten Schuhe mit Ofenpolitur geschwärzt, und letzte Saison hat er in der Hektik seiner täglichen Arbeit den Wasserkühler mit Weichkohle statt mit Eis aufgefüllt. Er ist ein toller Pagen, mein Freund Beelzy."

Kurze Zeit später, als Herr Münchhausen und seine Gruppe in ihre Suite geführt wurden, erschien Beelzy in ihrem Wohnzimmer und wurde von Herrn Münchhausen herzlich begrüßt, der ihn Herrn und Frau Ananias vorstellte.

„Nun", sagte Herr Münchhausen, „Sie sind doch wieder hier, oder?"

„Nein, in der Tat", sagte Beelzy. „Ich bin dieses Jahr nicht hier. Ich bin drüben bei den Coal-Yards und schaufele Schnee. Ich bin mein Zwillingsbruder, der drei Jahre vor meiner Geburt starb."

„Wie interessant", sagte Sapphira und sah den Jungen durch ihre Lorgnette an.

Beelzy verneigte sich als Antwort auf das Kompliment und bemerkte zum Baron:

„Du bist diese Saison selbst nicht hier, oder?"

„Nein", sagte Herr Münchhausen trocken. „Ich bin ins Ausland gegangen. Ich nehme an, Sie haben die Theologie aufgegeben?"

„Sortierer", sagte Beelzy. „Es war ein einsames Geschäft und ich war erst zwanzig Minuten dabei, als mir klar wurde, dass es beim Missionarsein nicht nur um Marmelade und Buchweizen geht. Es ist auch ziemlich gefährlich, und da mir die Vorstellung, von Samoanern und Feejees aufgezogen zu werden, nicht gerade gefiel, beschloss ich, es aufzugeben und trotzdem für eine weitere Saison beim Pagen zu bleiben ; aber wir sehen uns später, Herr Münchhausen. Ich muss mich mit diesem Eiswasser beeilen. Es ist jetzt überfällig und wir haben dieses Jahr die tollsten Leute hier, die Sie je gesehen haben. Ein Mann hier wurde neulich Abend so wütend, weil es vierzig Minuten dauerte, bis die Galle ein Ei weich machte. Die besagten zwei Minuten reichten aus, um ein Ei mit Galle weicher und breiiger zu machen, da ich in einem Land, in dem sich Hühner von Kieselsteinen ernähren, überhaupt nichts über die Wissenschaft der Eier verstand."

„Kieselsteine?" rief Herr Münchhausen. „Was, legen sie Rocs Eier?"

Beelzy grinste.

„Nein, Sir – sie legen zwar Hühnereier, aber sie sind so hart wie Adams Tante."

„Ich habe noch nie von Hühnern gehört, die Kieselsteine fressen", bemerkte Sapphira stirnrunzelnd. „Genießen sie sie wirklich?"

„Ich weiß es nicht, Ma'am", sagte Beelzy. „Ich habe nie mit den Hühnern gesprochen, Ma'am, und sie haben nie freiwillig Auskunft gegeben. Sie essen sie trotzdem. Sie müssen etwas essen, und hier oben auf diesen Bergen gibt es für sie nichts als Kies zum Fressen. Deshalb machen sie es. Wenn es dann um die Eier geht, sind bei einer solchen Diät Kopfsteinpflaster kein Problem, und wenn man sie anbeißt, dauert es eine Woche, bis sie weich sind, und dazu braucht es einen Dampfbohrer Machen Sie sie auf – und dieser Kerl hat nach vierzig Minuten getreten! Höchstwahrscheinlich flucht er jetzt oben herum, weil das Eiswasser nicht da ist; und es ist auch noch nicht mehr als zwei Stunden her, seit er es bestellt hat."

„Was für ein unvernünftiger Herr", sagte Sapphira.

„Ist er das nicht?" sagte Beelzy. „Und er ist auch nicht übermäßig liberal. Er ist jetzt seit zwei Wochen hier und das einzige Geld, das ich von ihm bekommen habe, war ein Fünf-Dollar-Schein, den ich gestern Morgen in seinem Schreibtisch gefunden habe. In der Theologie steckt mehr Geld als in ihm."

Mit diesen Worten ergriff Beelzebub den Krug mit Wasser und sprang wie ein verängstigtes Reh aus dem Zimmer. Er verschwand in der Dunkelheit des Korridors und stürzte wenige Augenblicke später offensichtlich Hals über Kopf die Treppe hinauf, wenn die Geräusche, die die Ohren der Party im Salon begrüßten, etwas bedeuteten.

Am nächsten Morgen, als Beelzy mehr Freizeit hatte, erkundigte sich der Baron nach seinem Gesundheitszustand.

„Oh, es war ziemlich gut", sagte er. "Ziemlich gut. Mittlerweile geht es mir gut, abgesehen von einer leichten Gicht im rechten Fuß und Eiswasser auf meinem Knie, einem Kribbeln im Rücken und einem allgemeinen Müdigkeitsgefühl. Es gibt nicht viel zu beanstanden. Hatte im Dezember die Masern und im Februar Mumps; Und etwa Mitte Mai hat mich der Keuchhusten gepackt; aber da es mir das Leben gerettet hat, sollte ich mich nicht darum kümmern."

Hier blickte Beelzy dankbar auf ein unsichtbares Etwas – zweifellos die Erinnerung in der dünnen Luft an seinen verstorbenen Keuchhusten, weil er ihn aus einem vorzeitigen Grab gerettet hatte.

„Das ist ziemlich merkwürdig, nicht wahr?" fragte Sapphira und blickte dem Jungen aufmerksam in die Augen. „Ich verstehe nicht ganz, wie der Keuchhusten irgendjemandem das Leben retten kann, nicht wahr, Herr Münchhausen?"

„Beelzy, diese Dame möchte, dass Sie die Situation erklären, und ich muss gestehen, dass ich selbst etwas neugierig bin, die Einzelheiten dieser wunderbaren Rettung zu erfahren", sagte Herr Münchhausen.

„Nun, ich muss sagen", sagte Beelzy mit einem erfreuten Lächeln über die sehr große Konsequenz seiner Heldentat in den Augen der Dame, „wenn ich anfangen würde, das Leben von Menschen im Allgemeinen zu retten, hätte ich nicht gedacht Ein Anfall von Keuchhusten wäre von großem Nutzen, um einen Mann vor dem Ertrinken zu bewahren, und ich bin sicher, wenn ein Kerl aus einem Ballon fällt, würde es ihm nicht viel helfen, wenn er neunzig Dutzend Anfälle von Keuchhusten hätte. Husten versteckt sich am Körper; Aber solange ich der Kerl bin, der jedes Jahr im Juni hierher kommen muss, um die Bären aus dem Hotel zu verscheuchen, werde ich nie ohne Keuchhusten dabei sein Zeit, wenn ich helfen kann. Ohne das wäre ich jetzt nicht hier gewesen."

„Sie haben gerade davon gesprochen", sagte Sapphira, „davon, Bären aus dem Hotel zu verscheuchen. Darf ich fragen, welche nützliche Funktion ein Bärenvertreiber in der Hotelnage hat?"

„Was nützlich was?" fragte Beelzy.

„Funktion – Pflicht – worin besteht die Pflicht eines Bärenschützers?" erklärte Herr Münchhausen. „Ist er ein Schmied, der Bären statt Pferden beschlägt?"

„Er ist ein Bärenjäger", erklärte Beelzy, „und ich bin es", fügte er hinzu. „Das, Ma'am, ist die Funktion eines Bärenvertreibers in der Menagerie eines Hotels."

Nachdem Sapphira sich zufrieden geäußert hatte, fuhr Beelzebub fort.

„Sehen Sie, dieses Haus hier ist den ganzen Winter über verschlossen, und wenn alle gegangen sind und es leer gelassen haben, kommen die Bären aus den Bergen herunter und nutzen es anstelle einer Höhle. Es ist gemütlicher und weniger windig als ihre Höhlen. Wenn also der letzte Gast gegangen ist, alle Türen verschlossen sind und die Band ins Winterquartier gegangen ist, kommen die Bären herab und nehmen Besitz. Normalerweise klettern sie irgendwo durch ein offenes Fenster. Sie teilen sich die besten Zimmer entsprechend ihrer Position in der Bärengesellschaft auf und führen untereinander ein normales Hotelleben."

„Aber wovon ernähren sie sich?" fragte Saphira.

„Oh, sie fressen alles, wenn sie hungrig sind", sagte Beelzy. „Sofakissen, Wohnzimmerteppiche, Hotelregister – alles, woran sie sich festhalten können. Letztes Jahr kamen sie durch die Kuppel herein, gruben sich durch den Schnee, um dorthin zu gelangen, und dort blieben sie und genossen das Leben außerhalb der Reichweite von Wind und Sturm, gemütlich in ihren Teppichen. Vorletztes Jahr waren es sicher hunderte von ihnen im Hotel, als ich hier ankam, aber einen nach dem anderen habe ich sie losgeworden. Einige habe ich mit ein paar Zigarren geraucht, die mir Herr Münchhausen im Sommer zuvor geschenkt hatte; Einige habe ich getäuscht, sie dazu gebracht, mich durch die Windungen zu jagen, und bin dann wieder auf meine Spur zurückgekehrt und habe sie ausgesperrt. Es war eine gewaltige, anstrengende Arbeit.

„Letzten Juni waren es doppelt so viele. Durch echtes Geld habe ich zweihundertacht Bären und einen Panther in die Berge verscheucht. Als der Letzte, wie ich dachte, im Wald verschwand, durchsuchte ich das Haus von oben bis unten, um zu sehen, ob es noch mehr zu beseitigen gab. Jedes gesegnete der fünfhundert Zimmer, durch die ich ging, und kein einziger Bär war übrig geblieben, den ich sehen konnte. Ich kann Ihnen sagen, ich war froh, denn dieses Jahr gab es eine besonders hässliche Serie von ihnen, und sie haben mir eine Menge Ärger bereitet. Sie hatten im Hotel nicht viel zu essen gefunden und waren enttäuscht und verärgert. Tatsächlich fanden sie an dem Ort, an dem sie etwas essen konnten, nur einen Klavierhocker und eine alte Haartruhe voller in Papier eingewickelter Romane, die für zweihundertacht Bären keine besonders herzhafte Mahlzeit ergeben ein Panther."

„Ich würde sagen: Nein", sagte Sapphira, „vor allem, wenn die Romane so leicht wären, wie die meisten von ihnen heutzutage."

„Dazu kann ich nichts sagen", sagte Beelzy. „Ich habe keine Zeit, sie zu lesen, und deshalb bin ich kein Richter. Aber die ganze Zeit über litt ich wie verrückt unter schrecklichen Keuchhustenanfällen. Als eines der besten Echos des Ortes in Stücke gerissen wurde, schrie ich so laut auf, was die Arbeit natürlich doppelt so schwer machte. Als ich also feststellte, dass es keinen weiteren Bären mehr im Hotel gab, warf ich mich einfach irgendwo hin und schlief. Mein! wie ich geschlafen habe. Ich glaube nicht, dass irgendjemand jemals besser geschlafen hat als ich. Und dann passierte es."

Beelzy zog seine Hose hoch und ließ seine Stimme zu einem Bühnenflüstern sinken, das seiner Erzählung eine wundersame Eindrücklichkeit verlieh.

„Als ich bewusstlos dalag und von Zuhause und Vater träumte, versteckte sich ein großer, schwarzer, hungriger Kerl mit einem Gewicht von sechshundertdreiundvierzig Pfund im Brotbackofen der Bäckerei, in der ich gewesen war Er dachte nicht daran, nach ihm zu suchen, sondern schlenderte vorbei, summte ganz allein eine kleine Melodie und leckte sich vor Freude die Koteletts bei dem Gedanken, mich roh zum Abendessen zu haben. Ich lag da und war mir meiner Gefahr nicht bewusst, bis er ganz nahe kam, und dann wachte ich auf, und als ich meine Augen öffnete, sah ich dieses große schwarze, wilde Ding, das sich über mich freute und Freudentränen aus seinem Mund liefen Er dachte an das erlesene Essen, das ihm bevorstand. Er schnüffelte an meinem Knall, als ich ihn zum ersten Mal sah."

"Barmherzigkeit!" rief Sapphira, „ich hätte gedacht, du wärst vor Angst gestorben."

„Beim ersten Schrei sprang Mr. Bear drei Meter hoch und fiel rücklings auf den Boden." *Kapitel XII.*

„Das habe ich", sagte Beelzy höflich, „aber ich erwachte in einer Minute wieder zum Leben. „Oh Gott!" sagt ich, als ich sehe, wie hungrig er war. „Das hier ist mein Ende." Daraufhin sah mir der Bär direkt in die Augen, leckte sich erneut die Koteletts und wollte gerade an meinem rechten Ohr knabbern, als „Up!" Ich hatte einen Anfall von Keuchhusten. Nun, Ma'am, ich schätze, Sie wissen, was das bedeutet. Es gibt nichts Unheimlicheres, Erschreckenderes in der ganzen Reihe menschlicher Geräusche, abgesehen von einer deutschen Oper, als das Keuchhusten. Beim ersten Schrei sprang Mr. Bear drei Meter hoch und fiel rücklings auf den Boden. Im zweiten Moment rappelte er sich auf und wollte zur Tür gehen, blieb aber stehen und blickte sich in der Hoffnung um, dass er sich geirrt hatte, als ich ein drittes Mal schrie. Der Dritte erledigte das Geschäft. Dieser dritte Schrei hätte die Inder erschreckt. Es war furchtbar. Es war wie ein Tornado, der durch ein Nebelhorn fegte, vor dem ein Megafon stand. Als er das hörte, drehte sich Mr. Bear auf allen vieren um und begann mit einer Kutsche in den Wald hinaufzusausen, die ihn zehn Meilen getragen haben musste, bevor ich aufhörte zu husten.

„Und deshalb, Ma'am, sage ich, wenn man Bären verscheuchen muss, um seinen Lebensunterhalt zu verdienen, ist es nützlich, einen Keuchhustenanfall bei sich zu haben."

Als Beelzy dies sagte, machte er sich auf den Weg und fand den linken Stiefel von Nummer 433, den er durch einen seltsamen Fehler an der Tür von Nummer 334 zurückgelassen hatte.

„Was halten Sie davon, Herr Münchhausen?" fragte Sapphira, als Beelzy den Raum verließ.

„Ich weiß es nicht", sagte Herr Münchhausen mit einem Seufzer. „Ich neige dazu zu denken, dass ich ein wenig neidisch auf ihn bin. Der Rest von uns ist nicht in seiner Klasse."

<h1 style="text-align:center">XIII
WRIGGLETTO</h1>

ES war am Nachmittag eines wunderschönen Sommertages, und Herr Münchhausen war aus der brodelnden Stadt Cimmeria hergekommen, um ein oder zwei Tage mit Diavolo und Angelica und ihren ehrwürdigen Eltern zu verbringen. Sie hatten alle zu Abend gegessen und befanden sich nun auf der hinteren Piazza mit Blick auf den herrlichen Fluss Styx, der von den Bergen zum Meer floss, und ließen sich auf seinem Weg dorthin herab, einen Blick auf zahllose unbedeutende Städte zu werfen, die an seinen Ufern entstanden waren Das war der Ort, an dem Diavolo und Angelica geboren wurden und ihr ganzes Leben verbrachten. Herr Münchhausen lag bequem in einer Hängematte und sammelte seine Gedanken.

Angelica war etwas deprimiert, aber Diavolo jubelte, und das alles nur, weil Diavolo bei einem Spaziergang an diesem Morgen eine Schlange getötet hatte.

„Es war schöner Sport", sagte Diavolo. „Er lag da in der Sonne, und ich nahm einen Stock und erlöste ihn in zwei Minuten aus seinem Elend."

Hier veranschaulichte Diavolo den Vorgang, indem er dem Baron mit einem kleinen Malakkastock, den er bei sich trug, einen Schlag auf die Weste versetzte.

„Nun, es hat mir nicht gefallen", sagte Angelica. „Ich mag keine Schlangen, aber irgendwie denke ich, wir hätten ihn in Ruhe lassen sollen. Er hat dort niemanden verletzt. Wenn er auf unserem Grundstück spazieren gegangen wäre, wäre das eine Sache gewesen, aber wir gingen dort spazieren, wo er war, und er hatte das gleiche Recht, dort ein Sonnenbad zu nehmen wie wir."

„Das stimmt", warf Herr Münchhausen ein, der nach Diavolos Schlag entschlossen war, sich gegen ihn zu stellen. „Du hast es fast geschafft, Angelica. Es war überhaupt nicht höflich von dir, sein Schlangenschiff beim Nickerchen zu stören, und nachdem ich es getan habe, kann ich nicht verstehen, warum Diavolo ihn töten wollte."

„Oh, pschah!" sagte Diavolo leichthin. „Wofür sind Schlangen gut, außer zum Töten? Ich werde sie bei jeder Gelegenheit töten. Sie sind nicht gut."

„In Ordnung", sagte Herr Münchhausen leise. „Ich nehme an, Sie wissen alles darüber; Aber ich weiß selbst ein oder zwei Dinge über Schlangen, die nicht ganz mit dem übereinstimmen, was Sie sagen. Sie sind manchmal gut, und in der Regel neigen sie weniger dazu, Sie ohne Grund anzugreifen, als Sie sie angreifen. Eine Schlange neigt eher dazu, sich um ihre eigenen Angelegenheiten zu kümmern, es sei denn, sie hält es für nötig, etwas anderes zu tun. Gelegentlich findet man auch eine Schlange mit einem wirklich liebenswürdigen Charakter. Ich werde zum Beispiel mein altes Haustier Wriggletto nie vergessen, und solange ich mich an ihn erinnere, kann ich nicht umhin, eine warme Ecke für Schlangen in meinem Herzen zu haben."

Hier hielt Herr Münchhausen inne und zog gedankenvoll an seiner Zigarre, während sich in seinen Augen ein entfernter, halb liebevoller Ausdruck zeigte.

„Wer war Wriggletto?" fragte Diavolo und überwies einen halben Dollar aus Herrn Münchhausens Tasche in seine eigene.

"Wer war er?" rief Herr Münchhausen. „Du willst doch nicht sagen, dass ich dir nie von Wriggletto, meiner Lieblingsschlange, erzählt habe, oder?"

„Du hast es mir nie erzählt", sagte Angelica. „Aber ich bin nicht jeder. Vielleicht hast du es einigen anderen kleinen Kobolden erzählt."

"In der Tat nicht!" sagte Herr Münchhausen. „Ihr zwei seid die einzigen kleinen Kobolde, denen ich Geschichten erzähle, und ich gebe zu, dass ihr zwar nicht jeder seid, aber jemand, und das ist mehr als jeder andere. Wriggletto war ein Boa-Constrictor, den ich einst in Südamerika kannte, und er war ausnahmslos das bemerkenswerteste Stück einer Schlange, das ich je getroffen habe. Freundlich, freundlich, intelligent, dankbar und nützlich und, nachdem ich ihn ein oder zwei Jahre hatte, wunderbar gebildet. Er konnte mit sich selbst genauso gut schreiben wie Sie oder ich mit einem Stift. Es gibt eine Empfehlung für Sie. Nur wenige Männer sind all das – und was das betrifft, gibt es auch nur wenige Boa-Constrictoren. Ich gebe zu, Wriggletto war eine Ausnahme von der allgemeinen Schlangenart, aber er war trotzdem alles, was ich von ihm behaupte."

„Was hast du gesagt, was für eine Schlange war er?" fragte Diavolo.

„Eine Boa-Constrictor", sagte Herr Münchhausen, „und ich kannte ihn aus seiner Kindheit. Ich traf Wriggletto zum ersten Mal etwa zehn Meilen außerhalb von Para am Amazonas. Er wurde gerade von einer größeren Riesenschlange verschluckt, und ich rettete ihm das Leben, indem ich seinen Schwanz packte und ihn herauszog, gerade als der andere gerade bereit war, den letzten Schluck zu geben, der Wriggletto vollständig aufgesaugt und ihn dahinter platziert hätte alle Hoffnung, jemals gerettet zu werden."

„Was hat die andere Boa gemacht, während du Wriggletto gerettet hast?" fragte Diavolo, der bei jeder Frage immer gerne beide Seiten hörte und dessen Vater daher hoffte, eines Tages ein großer Richter zu werden oder zumindest mit Auszeichnung in einer Jury zu dienen.

„Er konnte nichts tun", entgegnete Herr Münchhausen. „Er war machtlos, solange Wrigglettos Kopf in seiner Kehle steckte, und kurz bevor ich die kleinere Schlange herausholen konnte, tötete ich die andere, indem ich ihm den Schwanz hinter den Ohren abschnitt. Es war für mich keine sehr gefährliche Rettung, solange Wriggletto wahrscheinlich dankbar sein würde. Ich muss für einen Moment gestehen, dass ich Angst hatte, er könnte nicht verstehen, was ich für ihn getan hatte, und es war durchaus möglich, dass er mich angreifen würde, aber die Umarmung, die er mir gab, als er wieder frei war, war beruhigend. Er schlang sich anmutig um meinen Körper, drückte mich sanft und glitt dann wieder auf die Straße, als wollte er sagen: „Danke, Sir." Du bist ein Ziegelstein.' Danach gab es nichts, was Wriggletto nicht für mich tun würde. Von da an folgte er mir überall hin, wohin ich auch ging. Er schien augenblicklich zu merken, dass es am Haus eines alten Junggesellen wie mir Hunderte von kleinen Dingen zu tun gab, die eine willige Schlange tun konnte, und er machte es sich zur Aufgabe, diese Dinge zu tun: zum Beispiel meine Kragen aufzuheben vom Boden aufzuheben und meine Stollen für mich zu finden, als sie unter der Kommode rollten, und tausend und eine andere kleine Dienstleistung ähnlicher Art, und wenn Sie, Meister Diavolo, in Zukunft versuchen zu sagen, dass Schlangen nur zum Töten und zum Töten gut sind niemandem von Nutzen sind, müssen Sie zumindest eine Ausnahme zugunsten von Wriggletto machen."

„Das werde ich", sagte Diavolo, „aber du hast uns noch nicht von den anderen nützlichen Dingen erzählt, die er für dich getan hat."

„Das wollte ich gerade tun", sagte Herr Münchhausen. „Erstens fungierte Wriggletto als Wachhund, bevor er lernte, kleine Dinge im Haus für mich zu erledigen, und Sie können sicher sein, dass niemand es jemals wagte, nachts in meinem Haus herumzustreifen, während Wriggletto draußen auf dem Rasen schlief . Para war zu dieser Zeit auch ziemlich voller gewissenloser Kerle, und jeder von ihnen wäre froh gewesen, mich um meine Habe bitten zu können, wenn er an meiner Wachschlange vorbeigekommen wäre. Zwei von ihnen versuchten es in einer dunklen, stürmischen Nacht, und als Wriggletto sie entdeckte, als sie an meinem Fenster einstiegen, kroch er hinter sie, schlang seinen Schwanz um sie, kroch zum Ufer des Amazonas und zog sie hinter sich her. Dort warf er sie in den Fluss und kehrte wieder auf seinen Posten zurück."

„Hast du ihn dabei gesehen, Onkel Munch?" fragte Angelica.

"Nein, habe ich nicht. Ich habe später davon erfahren. Wriggletto selbst sagte nie ein Wort. Dafür war er zu bescheiden", sagte Herr Münchhausen. „Einer der Räuber schrieb darüber einen Brief an die Para-Zeitungen, in dem er sich darüber beschwerte, dass es jedem gestattet werden sollte, ein solches Reptil zu halten, und schlug vor, dass Menschen, die Schlangen anstelle von Hunden verwenden, auf jeden Fall gezwungen werden sollten, ihnen eine Lizenz zu erteilen und sie zu vertreiben ein Schild an ihren Toren aufstellen:

„Der Mann gab natürlich nie zu, dass er der Räuber war – er sagte, dass er geschäftlich unterwegs war, als die Sache passierte – aber er sagte nicht, was sein Geschäft war, aber ich wusste es besser und später das andere Der Räuber und er zerstritten sich, und sie gestanden, dass das Geschäft, auf das sie gekommen waren, darin bestand, ein paar tausend Goldmünzen des Reiches wegzunehmen, von denen bekannt war, dass ich sie in einer Stahlkiste im Haus verschlossen hatte.

„Danach kaufte ich Wriggletto ein hübsches silbernes Halsband, und es war allgemein bekannt, dass er der Hüter meines Hauses war und Räuber mich nicht mehr störten. Dann war er für Ratten besser als eine Katze. An sehr heißen Tagen ging er in den Keller, wo es kühl war, lag dort mit weit geöffnetem Mund und geschlossenen Augen und fing Dutzende Ratten. Sie rannten im Dunkeln umher und stolperten sofort in Wrigglettos Mund; und er schluckte sie herunter und leckte sich danach die Koteletts, so wie Sie oder ich es tun, wenn wir eine köstliche Auster oder eine Muschel verspeist haben.

„Aber das Angenehmste von allem, was Wriggletto für mich tat – und er war in dieser Hinsicht unermüdlich in seiner Aufmerksamkeit –, war, mich in heißen Sommernächten kühl zu halten. Wie Sie vielleicht gehört haben, ist Para bestenfalls ein ziemlich heißer Ort, da er in einer tropischen Region liegt, aber manchmal ist es für einen Mann, der an das nördliche Klima gewöhnt ist, wie ich, schrecklich. Der Akt, sich Luft zuzufächeln, kühlt einen nicht ab, sondern macht einen heißer als je zuvor. Vielleicht erinnern Sie sich, wie es mit dem Elefanten im Gedicht war:

> „'Oh mein Gott, oh je!' Der Elefant sagte:
>
> „Es ist so furchtbar heiß!"
>
> Ich habe mir siebzig Wochen lang Luft zugefächelt,
>
> Und kein bisschen abgekühlt.'

„Und so war es auch bei mir in Para in heißen Nächten. Ich habe gefachelt und gefächelt, aber ich konnte nicht cool werden, bis Wriggletto ein Mitglied meiner Familie wurde, und dann ging es mir gut. Er wickelte seinen Schwanz immer um einen riesigen Palmblattfächer, den ich im Wald gefällt hatte und der so groß war, dass ich unmöglich selbst damit umgehen konnte, und er wedelte damit stundenlang hin und her, mit dem Ergebnis, dass mein „Das Haus war immer der luftigste Ort in Para."

„Wo ist Wriggletto jetzt?" fragte Diavolo.

„Heigho!" seufzte Herr Münchhausen. „Er ist gestorben, der arme Kerl, und das alles wegen des silbernen Halsbandes, das ich ihm gegeben habe. Er versuchte, einen Jibola zu schlucken, der eines Nachts aus böswilliger Absicht in mein Haus eingedrungen war, und obwohl Wrigglettos Kehle groß genug war, als er ihn ausstreckte, um drei Jibolas abzureißen, mit einem Halsband, das sich nicht dehnen ließ, konnte er keinen einzigen schlucken. Das wusste er leider nicht und er versuchte es weiter, bis der Jibola ein Viertel nach unten kam und er dann stecken blieb. Mit jedem Schluck saß das Halsband natürlich fester und schließlich erstickte der arme Wriggletto. Mir ging es so schlecht darüber, dass ich Para innerhalb eines Monats verließ, aber inzwischen hatte ich einen Anzug aus Wrigglettos Haut angefertigt und trug ihn jahrelang, und als die Kleidung dann anfing, abgenutzt auszusehen, ließ ich die Haut neu -gegerbt und zu Schuhen und Hausschuhen verarbeitet. Sie sehen also, dass er mir auch nach dem Tod nützlich war. Er war eine treue Schlange, und deshalb erzähle ich die Geschichte von Wriggletto, wenn ich höre, wie Leute alle Schlangen hinunterrennen."

„Er wickelte seinen Schwanz immer um einen Fächer und wedelte damit stundenlang hin und her." *Kapitel XIII.*

Es entstand eine kurze Pause, als Diavolo sagte: „Onkel Munch, ist das eine wahre Geschichte, die Sie uns erzählt haben?"

"WAHR?" rief Herr Münchhausen. "WAHR? Warum, mein lieber Junge, was für eine Frage! Wenn du es nicht glaubst, bring mir deinen Atlas und ich zeige dir, wo Para ist."

Diavolo tat, was ihm gesagt wurde, und tatsächlich tat Herr Münchhausen genau das, was er gesagt hatte, was Diavolo sehr bemerkenswert fand, aber er war immer noch nicht zufrieden.

„Du hast gesagt, er könne mit sich selbst genauso gut schreiben wie du oder ich mit einem Stift, Onkel Munch", sagte er. "Wie war das?"

„Warum das einfach genug war", erklärte Herr Münchhausen. „Sie sehen, er war sehr schwarz, neununddreißig Fuß lang und bemerkenswert geschmeidig und schlank. Nach einem Jahr intensiven Lernens lernte er, sich in Buchstaben zu bündeln, und wenn er mir etwas sagen wollte, formte er sich einfach zu einem schriftlichen Satz. In der Tat zeigte seine Lieblingshaltung im Ruhezustand seine wunderbare Begabung in der Chirographie sowie seine Zuneigung zu mir. Wenn Sie mir eine Karte besorgen, werde ich es beweisen."

Diavolo brachte Herrn Münchhausen die Karte und darauf zeichnete er Folgendes:

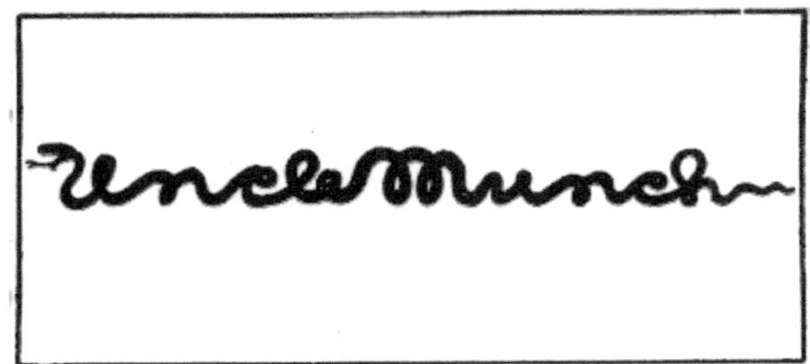

„Da", sagte Herr Münchhausen. „So hat Wriggletto immer gelogen, wenn er sich ausgeruht hat. Seine Liebe zu mir war sehr berührend."

XIV
DER POETISCHE JUNI-KÄFER, ZUSAMMEN MIT EINIGEN BEMERKUNGEN ZUM GILLYHOOLY-VOGEL

„ ONKEL MUNCH ", sagte Diavolo eines Nachmittags, als ein paar Radfahrer in rasender Geschwindigkeit am Haus vorbeirasten, „was hättest du lieber, ein Fahrrad oder ein Pferd?"

„Nun, ich muss sagen, mein Junge, das ist eine schwer zu beantwortende Frage", antwortete Herr Münchhausen, nachdem er sich einige Minuten lang zweifelnd am Kopf gekratzt hatte. „Sie könnten genauso gut einen Mann fragen, was er bevorzugt, eine Hängematte oder eine Dampfyacht. Auf diese Frage sollte ich antworten, dass ich, wenn ich es verkaufen wollte, lieber eine Dampfyacht hätte, aber für eine angenehme Schaukel auf einer kühlen Piazza im Hochsommer oder unter den Apfelbäumen wäre eine Hängematte weitaus besser. Dampfyachten eignen sich nicht besonders gut, um unter einem Apfelbaum zu schaukeln, und nur sehr wenige Plätze, die ich kenne, sind groß genug …"

„Oh, jetzt wissen Sie, was ich meine, Onkel Münch", erwiderte Diavolo und tippte Herrn Münchhausen auf die Nasenspitze, denn ein Funkeln in Herrn Münchhausens Augen schien anzudeuten, dass er sich in einer seiner ärgerlichen Launen befand. und ein größerer Scherz als Herr Münchhausen, als er so fühlte, hat noch nie jemand gewusst. „Ich meine zum Reiten, was hättest du lieber?"

„Ah, das ist eine andere Sache", erwiderte Herr Münchhausen ruhig. „Jetzt weiß ich, wie ich Ihre Frage beantworten kann. Zum Reiten bevorzuge ich auf jeden Fall ein Pferd; Andererseits sind Fahrräder zum Radfahren besser geeignet als Pferde. Pferde sind sehr schlechte Fahrräder, was zweifellos daran liegt, dass sie keine Räder haben."

Diavolo begann verzweifelt zu werden.

„Natürlich", fuhr Herr Münchhausen fort, „basiert alles, was ich in diesem Zusammenhang zu sagen habe, nur auf meinen Ideen und nicht auf persönlichen Erfahrungen." Ich bin auf Pferden gereist und mit dem Fahrrad Fahrrad gefahren, aber ich bin nie mit dem Fahrrad geritten oder mit dem Fahrrad gefahren. Ich glaube, dass es vielleicht aufregend ist, auf dem Rücken eines Pferdes Fahrrad zu fahren, aber sehr gefährlich. Es fällt mir schon schwer genug, ein Fahrrad vor dem Umkippen zu bewahren, wenn ich auf einer harten, geraden, ebenen, gut gepflasterten Straße fahre, ohne mit dem Rad auf dem Rücken eines Pferdes zu experimentieren. Wenn Sie es jedoch eines Tages versuchen möchten und mir ein Pferd mit einem Rücken so groß wie der Trafalgar Square besorgen möchten, bin ich bereit, die Mühe zu machen."

Angelica kicherte. Es machte ihr viel Spaß, wenn Herr Münchhausen Diavolo neckte, obwohl es ihr nicht ganz so gut gefiel, wenn sie an der Reihe war, so behandelt zu werden. Diavolo wollte auch lachen, aber dazu hatte er zu viel Würde, und um Herrn Münchhausen sein Grinsen nicht zu verheimlichen, begann er nach einer alten Zeitung oder einem Stück Kohle oder etwas anderem zu suchen, aus dem er einen Ball formen konnte auf ihn werfen.

„Was würdest du lieber tun, Angelica", fuhr Herr Münchhausen fort, „mit einem Ballon zur See fahren oder an einer Dummkopf-Party in einem Hühnerstall teilnehmen?"

„Das würde ich wohl tun", lachte Angelica.

„Das ist eine gute Antwort", warf Herr Münchhausen ein. „Sie ist genauso intelligent wie die, die dem Gillyhooly-Vogel zugeschrieben wird." Als der Gillyhooly-Vogel nach seiner Meinung zu Giraffen gefragt wurde, kratzte er sich eine Minute lang am Kopf und sagte:

„„Die Frage hat nur wenig Witz

Das hast du mir gegeben,

Aber ich werde versuchen, darauf zu antworten

Mit prompter Offenheit.

Das Auto ist eine Sache

Das gefällt dem Geist;

Und in einem glänzenden Diamantring

Einige Verdienste kann ich finden.

Manche Menschen freuen sich über französische Schlösser;

Einige lieben Zitroneneis;

Während andere gemischte Torten genießen,

Habe aber keine Verwendung für Mäuse.

Ich mag Austerneintopf sehr,

Ich liebe Lackstiefel,

Aber schließlich, zwischen mir und dir,

Das Fischbällchen ist meine Lieblingsfrucht.""

„Hoh", spottete Diavolo, der, angezogen von der Anspielung auf eine Vogelart, von der er noch nie zuvor gehört hatte, die Suche nach einem Papierball aufgegeben hatte und sich wieder an Herrn Münchhausens Seite wandte. „Das glaube ich nicht." eine sehr intelligente Antwort. Es hat die Frage überhaupt nicht beantwortet."

„Das stimmt, und deshalb war es intelligent", sagte Herr Münchhausen. „Es war unverbindlich. Eines Tages, wenn du älter bist und weniger weißt als jetzt, wirst du erkennen, mein lieber Diavolo, wie wertvoll die Antwort ist, die nicht antwortet."

Herr Münchhausen hielt lange genug inne, um die Lektion auf sich wirken zu lassen, und fuhr dann fort.

„Der Gillyhooly-Vogel ist eine perfekte Eule für solche Weisheiten", sagte er. „Es lässt niemanden wissen, was es denkt; Es macht niemals Versprechungen und spricht selten, außer um die Menschen zu verwirren. Es hat wahrscheinlich eine ebenso entschiedene Meinung über Giraffen wie Sie oder ich, aber es verrät niemandem das Geheimnis."

„Was ist überhaupt ein Gillyhooly-Vogel?" fragte Diavolo.

„Er ist ein Vogel, der nie singt, aus Angst, seine Stimme zu überanstrengen; fliegt nie aus Angst, seine Flügel könnten ermüden; isst nie aus Angst, seine Verdauung zu ruinieren; Er steht nie auf, weil er befürchtet, seine Beine zu verbiegen, und legt sich nie hin, weil er befürchtet, seine Wirbelsäule zu verletzen", sagte Herr Münchhausen. „Er hat keine Federn, denn wenn er welche hätte, würden die Leute, wie er sagt, sie herausziehen, um Hüte damit zu schmücken, was schmerzhaft wäre, und er verschuldet sich nie, weil er, wie er selbst beobachtet, keine Hoffnung hat, sie zu bezahlen." die Rechnung, mit der die Natur ihn ausgestattet hat, warum also andere angreifen?"

„Ich glaube nicht, dass er lange leben würde, wenn er nicht isst?" schlug Angelica vor.

„Das ist das große Problem", sagte Herr Münchhausen. „Er lebt nicht lange. Nichts so unbeschreiblich Weises wie der Gillyhooly-Vogel lebt jemals lange. Ich glaube nicht, dass ein Gillyhooly-Vogel jemals länger als einen Tag gelebt hat, und das, zusammen mit der Tatsache, dass er sehr hässlich ist und sich außer Sichtweite hält, ist möglicherweise der Grund, warum noch nie jemand einen gesehen hat. Man kennt ihn nur vom Hörensagen, und tatsächlich bezweifle ich, dass außer uns jemals jemand von ihm gehört hat."

Diavolo musterte Herrn Münchhausen aufmerksam.

„Apropos Gillyhooly-Vögel, und um es für einen Moment ernst zu nehmen", zuckte Herr Münchhausen unter Diavolos unnachgiebigem Blick weiterhin nervös zusammen; „Ich habe dir doch nie von dem poetischen Junikäfer erzählt, der die Schreibmaschine betätigte, oder?"

„So etwas habe ich noch nie gehört", rief Diavolo. „Die Idee eines Junikäfers, der an einer Schreibmaschine arbeitet."

„Ich glaube es nicht", sagte Angelica, „er hat keine Finger."

„Das zeigt alles, was Sie darüber wissen", entgegnete Herr Münchhausen. „Du denkst, weil du halbwegs recht hast, ist alles in Ordnung. Wenn Sie jedoch die Geschichte des Junikäfers, der die Schreibmaschine betätigte, nicht hören möchten, werde ich sie nicht erzählen. Meine Zunge ist sowieso müde."

„Bitte machen Sie weiter", sagte Diavolo. "Ich möchte es hören."

„Das tue ich auch", sagte Angelica. „Es gibt viele Geschichten, von denen ich glaube, dass ich sie nicht gerne höre – zum Beispiel ‚Jack the Giant-killer' und ‚Cinderella'."

„Sehr gut", sagte Herr Münchhausen. „Ich werde es erzählen, und Sie können es glauben oder nicht, wie Sie möchten. Es ist erst zwei Sommer her, dass das passiert ist, und ich finde, es war sehr merkwürdig. Wie Sie vielleicht wissen, habe ich oft viel zu schreiben und manchmal werde ich sehr müde, wenn ich einen Stift in der Hand halte. Wenn du alt genug bist, um wirklich lange Briefe zu schreiben, wirst du wissen, was ich meine. Ihre Schreibhand wird so müde, dass Sie sich manchmal wünschen, ein Zauberer käme vorbei, der schlau genug wäre, eine Maschine zu erfinden, mit der Sie alles, was Sie denken, so auf Papier übertragen können, wie Sie es denken, ohne dass Sie schreiben müssen. Aber bis jetzt ist die einzige Erleichterung für den Mann, dessen Hand durch die Menge des Schreibens ermüdet ist, die Verwendung der Schreibmaschine, die nur für die Finger anstrengend ist. Um mir bei meiner Arbeit zu helfen, kaufte ich vor zwei Sommern eine Schreibmaschine und stellte sie in das große Erkerfenster meines Zimmers in dem Hotel, in dem ich übernachtete. Es war ein prächtiges Hotel, hatte aber einen Nachteil: Es war voller Junikäfer. In den meisten Sommerhotels wimmelt es von Mücken, aber in diesem hier gab es stattdessen Junikäfer, und die ganze Nacht summten sie und stießen ihre Köpfe gegen die Wände, bis die Gäste vor lauter Lärm fast verrückt wurden.

„Anfangs hat es mir nicht viel ausgemacht. Es war amüsant, ihnen zuzusehen, und meine Freunde und ich spielten mit ihnen eine Art Glücksspiel, das uns großen Spaß machte. Wir markierten die Wände in Quadraten, nummerierten sie und schlossen dann kleine Wetten ab, auf welches der Quadrate ein speziell ausgewählter Junikäfer als nächstes einschlagen würde. Um das Spiel zu vereinfachen, haben wir den ausgewählten June-Käfer gefangen und etwas Holzkohlepulver auf seinen Kopf aufgetragen, sodass er, wenn er gegen die weiße Wand stieß, einen schwarzen Fleck an der Stelle hinterließ, an der er getroffen wurde. Es war wirklich eines der aufregendsten Spiele dieser Art, die ich je gespielt habe, und so mancher regnerische Tag wurde durch diese Abwechslung angenehmer.

„Aber nach einer Weile begann das June-Bug-Roulette, wie wir es nannten, wie alles andere, zu verblassen, und ich wurde es leid und wünschte, es hätte nie so etwas wie einen June-Bug auf der Welt gegeben. Ich tat mein Bestes, sie zu vergessen, aber es war unmöglich. Ihr Summen und Stoßen ging ununterbrochen weiter, und gegen Ende des Monats entwickelten sie die besonders schlechte Angewohnheit, den elektrischen Rufknopf an der Seite meines Bettes zu drücken. Die Folge war, dass zu jeder Nachtzeit Flurdiener mit Eiswasser, Hausmädchen mit Badetüchern und Träger mit Anzündholz an meine Tür klopften und mich aus dem Bett holten – natürlich gerufen von ihnen niemand anderes als diese schrecklichen, stoßenden Insekten. Diese besondere Belästigung wurde so unerträglich, dass ich mein Zimmer gegen ein Zimmer ohne elektrische Klingel austauschen musste.

„So ging es weiter, bis der Juni verging und der Juli erschien. Die meisten Plagegeister verschwanden sofort, aber ein besonders kräftiges und athletisches Mitglied des Stammes blieb übrig. Er wurde unerträglich und schließlich sprang ich eines Nachts aus dem Bett, entweder um ihn zu töten oder ihn für immer aus meiner Wohnung zu vertreiben, aber er wollte nicht gehen, und so sehr ich mich auch bemühte, ich konnte ihn nicht hart genug schlagen, um ihn zu töten. In purer Verzweiflung nahm ich die Hülle meiner Schreibmaschine und versuchte, ihn darin zu erwischen. Schließlich gelang es mir, und wie ich dachte, schüttelte ich das rücksichtslose Geschöpf aus dem Fenster und schlug das Fenster sofort zu, damit es nicht zurückkehren konnte; Dann legte ich die Schreibmaschinenabdeckung wieder über die Maschine und ging wieder zu Bett, schlief aber nicht so, wie ich gehofft hatte. Die ganze Nacht über hörte ich alle ein oder zwei Sekunden das Klicken der Schreibmaschine. Dies führte ich auf meine Nervosität zurück. Soweit ich wusste, gab es nichts, was die Schreibmaschine zum Klicken brachte, und die Tatsache, dass ich es hörte, überzeugte mich nur davon, dass ich müde war und mir einbildete, Geräusche zu hören.

„Das Einzigartigste von allem war die Tatsache, dass das Insekt bewusst oder unbewusst einen Vers hervorgebracht hatte." *Kapitel XIV.*

„Am nächsten Morgen jedoch, als ich den Automaten öffnete, stellte ich fest, dass der June-Käfer nicht nur nicht aus dem Fenster geschüttelt worden war, sondern tatsächlich die Nacht unter der Abdeckung verbracht hatte, seinen Kopf gegen die Tasten stoßend, ohne Wand damit anzustoßen, und das Einzigartigste von allem war die Tatsache, dass das Insekt bewusst oder unbewusst einen Vers hervorgebracht hatte, der lautete:

„Ich bin froh, dass ich keinen Verstand habe,

Denn es kann keinen Zweifel geben

Ich müsste auf das Anstoßen verzichten

Wenn ich es getan hätte, oder sie rausgeschmissen hätte.""

"Barmherzigkeit! Wirklich?" rief Angelica.

„Nun, ich kann es nicht beweisen", sagte Herr Münchhausen, „indem ich den Junikäfer hervorbringe, aber ich kann Ihnen das Hotel zeigen, ich kann Ihnen die Nummer des Zimmers sagen; Ich kann Ihnen die Schreibmaschine zeigen und habe den Vers rezitiert. Wenn Sie damit nicht zufrieden sind, muss ich Ihren Verdacht ertragen."

„Was ist aus dem Junifieber geworden?" fragte Diavolo.

„Er flog weg, sobald ich die Oberseite der Maschine angehoben hatte", sagte Herr Münchhausen. „Er hatte die Bescheidenheit eines wahren Dichters und wollte nicht dabei sein, während sein Gedicht vorgelesen wurde."

„Es ist seltsam, wie man Junikäfer nicht loswird, nicht wahr, Onkel Munch", schlug Angelica vor.

„Oh, wir sind sie in der nächsten Saison schon los", sagte Herr Münchhausen. „Ich habe einen Plan erfunden, der sie den ganzen folgenden Sommer fernhielt. Ich habe den Vermieter dazu gebracht, im ganzen Haus Kalender mit einer ganzen Seite für jeden Monat aufzuhängen. Dann legten wir in jedem Zimmer die Seite für Mai frei und beließen sie den ganzen Sommer über so. Als die Junikäfer ankamen und diese sahen, täuschte man sie und glaubte, der Juni sei noch nicht gekommen, und flogen los, um zu warten. „Sie nehmen keinerlei Rücksicht auf die Bequemlichkeit anderer", schloss Herr Münchhausen, „aber sie sind strikt an ihre eigene Etikette gebunden." Ein Junikäfer, der etwas auf sich hält, würde erst dann auftauchen, wenn die Junikäfersaison regelmäßig eröffnet ist, so wie ein Gentleman der gehobenen Gesellschaft zum Fünf-Uhr-Tee gehen und frisch geröstete Erdnüsse essen würde. Und das erinnert mich übrigens daran, dass ich zufällig eine Tüte Erdnüsse hier in meiner Tasche habe."

Hier übergab Herr Münchhausen die köstlichen Leckereien an Angelica, als ihm plötzlich einfiel, dass er dem Vater der Kobolde etwas zu sagen hatte, und verließ sie eilig.

„Glaubst du, das stimmt, Diavolo?" flüsterte Angelica, als ihre Freundin verschwand.

„Nun, es könnte passieren", sagte Diavolo, „aber ich habe die Vorstellung, dass es ‚maginär' ist, wie der Gillyhooly-Vogel." Gib mir eine Erdnuss."

XV
Ein Glücksfall

"Herr. Münchhausen", sagte Ananias, als er und der berühmte Krieger vom ersten Loch am Missing Links losfuhren, „man scheint beim Golfspiel nie müde zu werden. Worin liegt in Ihren Augen der eigentliche Reiz: die gesundheitsfördernden Eigenschaften des Spiels oder seine Fähigkeit, böse Lügen zu verbreiten?"

„Ich verdanke ihm mein Leben", antwortete der Baron. „Das heißt, meiner Präzision als Spieler verdanke ich eine der vielen Bewahrungen meiner Existenz, die in die Geschichte eingegangen sind. Darüber hinaus variiert das Interesse ständig. Wie das Leben selbst ist es voller Gefahren und kein Mensch weiß zu Beginn seines Schlaganfalls, was die Anforderungen des nächsten sein werden. Ich habe dir doch nie von der üblen Lüge erzählt, die mir einmal während eines Spiels gegen Bonaparte zu Ohren kam, oder?"

„Ich erinnere mich nicht daran", sagte Ananias und schlug seinen zweiten Schlag in die Steinmauer.

„Ich habe mit meinem Freund Bonaparte um die Cosmopolitan Championship gespielt", sagte Münchhausen, „und wir waren alle gleich am sechsunddreißigsten Loch. Bonaparte hatte seinen Ball vom Abschlag aus in ein Stoppelfeld geschlagen, worauf er fast fluchte, bis ich durch einen seltsamen Zufall meinen Ball in die Kehle eines Bullen rammte, der zweihundertachtundneunzig Meter entfernt auf dem schönen Grün weidete. „Sollen wir es übernehmen?" Ich fragte. „Nein", lachte Bonaparte und dachte, er hätte mich. „Wir müssen das Spiel spielen." Ich werde meine Lüge spielen. Du musst deins spielen.' „Sehr gut", sagte ich. „So sei es. „Golf ist Golf, Bulle hin oder her." Und los ging es. Bonaparte brauchte sieben Schläge, um wieder auf das Grün zu kommen, was mir die gleiche Anzahl an Schlägen ließ, um meinen Ball aus der Kehle des unwillkommenen Rindes zu befreien. Es war eine schwierige Angelegenheit, aber ich habe kurzen Prozess gemacht. Ich band mein rotes Seidentaschentuch an das Ende meines Messingbügels, trat vor das große Geschöpf und wandte mich an einen imaginären Ball, bevor er den üblichen Schwung hin und her machte. Der Stier, verärgert über das flatternde rote Taschentuch, bäumte sich auf und rannte auf mich zu. Ich rannte in Richtung des Lochs, der Bulle verfolgte mich zweihundert Meter weit. Hier versteckte ich mich hinter einem Baum, während Mr. Bull stehen blieb und erneut schnaubte. Vom Ball war immer noch nichts zu sehen, und nachdem mein Verfolger sich etwas beruhigt hatte, kam ich aus meinem Versteck und spielte mit demselben Schläger und auf die gleiche Weise drei. Der über meine Kühnheit überraschte Stier warf wütend den Kopf zurück und versuchte, seinen Zorn herauszubrüllen, wie ich es vorgesehen hatte, aber der Verschluss in seiner Kehle hinderte ihn daran. Der Ball war in seinem Rachen steckengeblieben. Aus seinem Krampf kam nichts außer einem kurzen, heftigen Husten und einem Keuchen – dann Stille. „Ich spiele zu viert“, rief ich Bonaparte zu, der mich von einem sicheren Ort auf der anderen Seite der Steinmauer aus beobachtete. Wieder schwang ich meine rote Flagge vor dem Gesicht der wütenden Kreatur und es folgte, was ich mir erhofft hatte. Der zweite Versuch, erneut zu brüllen, endete mit einem heftigen Husten und Niesen, und siehe da, der Ball flog aus seiner Kehle und landete tot im Loch. Die Caddies vertrieben den Bullen. Bonaparte spielte eine Acht, verpasste einen Putt für eine Neun, scheiterte bei einer Zehn, holte sich bei Zwölf ein und ich ging bei Fünf zu Boden.“

„Jerusalem!“ rief Ananias. „Was hat Bonaparte gesagt?“

„Wieder schwang ich meine rote Flagge vor dem Gesicht der wütenden Kreatur, und es folgte, was ich mir erhofft hatte.“ *Kapitel XV.*

„Er hielt eine kurze, schnelle, nervöse Ansprache auf Korsisch und zog sich dann ins Clubhaus zurück, wo er den Nachmittag damit verbrachte, seine Sorgen in Absinth-Highballs zu ertränken. „Großartig, Bonaparte", sagte ich, als seine Freundlichkeit wiederkehren sollte. „Ja", sagte er. „Ein normales Lu-Lu, was?" sagte ich. „Mehr als das, Baron", sagte er. „Es war ein Waterlooloo." Es war das erste Wortspiel, das ich je vom Kaiser gehört habe."

„Wir alle haben unsere schwachen Momente", sagte Ananias trocken, während er hinter der Mauer neun spielte. „Ich gebe das Loch auf", fügte er wütend hinzu.

„Lasst es uns trotzdem ausspielen", sagte Münchhausen und spielte drei Mal aufs Grün.

„In Ordnung", stimmte Ananias zu, nahm eine Zehn und randete den Becher.

Münchhausen musste drei Mal untergehen und erzielte insgesamt sechs Tore.

„Zwei mehr", sagte er, als Ananias elf Minuten vorlegte.

„Wie zum Teufel kommst du darauf? „Das ist nur das erste Loch", rief Ananias mit einem Anflug von Hitze.

„Du hast ein Loch aufgegeben, nicht wahr?" forderte Münchhausen.

"Ja."

„Und ich habe ein Loch gewonnen, nicht wahr?"

„Das hast du – aber –"

„Nun, das sind zwei Löcher. Vordergrund!" rief Münchhausen.

Die beiden gingen ein paar Minuten lang schweigend weiter, dann fuhr der Baron fort.

„Ja, Golf ist ein großartiges Spiel und ich liebe es, obwohl ich nicht glaube, dass ich einer guten Canvasback-Ente jemals kalt werden lassen würde, während ich darüber rede. Wenn ich eine Leinwandente vor mir habe, denke ich an nichts anderes, solange sie da ist. Aber ich liebe Golf, und das aus gutem Grund. Es hat mir viel gebracht und, wie ich Ihnen schon sagte, einmal wirklich das Leben gerettet."

„Hat dir das Leben gerettet, was?" sagte Ananias.

„Das habe ich gesagt", entgegnete Herr Münchhausen, „und so war es natürlich auch."

„Es würde mich bewundern, die Einzelheiten zu hören", sagte Ananias. „Ich gehe davon aus, dass es bei Ihnen bergab ging und es Ihre Kraft und Vitalität wiederhergestellt hat."

„Nein", sagte Herr Münchhausen, „das war überhaupt nicht so." Es rettete mir das Leben, als ich von einem wilden und hungrigen Löwen angegriffen wurde. Wenn ich nicht gewusst hätte, wie man Golf spielt, wäre das für immer ein Abschied von Herrn Münchhausen gewesen, und Herr Löwe hätte an diesem Tag ein gutes Mittagessen gehabt, bei dem ich Truthahn, Preiselbeersoße und Hackfleischpastete im Ganzen gerollt bekommen hätte in eins."

Ananias lachte.

„Es ist jetzt leicht, über meine eigene Gefahr zu lachen", sagte Herr Münchhausen, „aber wenn Sie bei mir gewesen wären, hätten Sie nicht viel gelacht. Im Gegenteil, Ananias, du hättest die kleine Stimme, die du jemals zum Kreischen hattest, ruiniert."

„Ich habe nicht über die Gefahr gelacht, in der du schwebst", sagte Ananias. „Ich sehe darin nichts Lustiges. Worüber ich lachte, war die Vorstellung, dass ein Löwe auf einem Golfplatz auftaucht. Auf keinem der Golfplätze, die ich kenne, gibt es Löwen."

„Das mag sein, mein lieber Ananias", sagte Herr Münchhausen, „aber es beweist nichts. Was Ihnen bekannt ist, hat keinen besonderen Einfluss auf die Ordnung des Universums. Sie hatten zu Hunderten Löwen auf den einzelnen Links, auf die ich mich beziehe. Ich habe die Links selbst erstellt und glaube zu wissen, wovon ich spreche. Sie waren in der Wüste Sahara. Und ich sage Ihnen, was es ist", fügte er hinzu und klopfte sich begeistert auf das Knie, „das waren die besten Links, auf denen ich je gespielt habe." Es gab kein Loch, das kürzer als drei Meilen und ein Viertel war, was einem jede Menge Bewegungsspielraum gibt, und das helle Grün hatte alle Qualitäten eines erstklassigen Billardtisches, so dass Ihr Ball darauf großartig rollte."

„Was haben Sie gegen Gefahren getan?" fragte Ananias.

„Oh, wir hatten sie im Dutzend", antwortete Herr Münchhausen. „Es gab natürlich keine Teiche oder Steinmauern, aber es gab viele andere, die genauso interessant waren. Da war zum Beispiel die Sphynx; Und an Bunkern sind die Pyramiden unschlagbar. Dann fing gelegentlich mitten im Spiel eine zehn oder zwölf Meilen lange Karawane an, ihre endlose Länge über die Mitte des Platzes zu ziehen, und es erfordert gewaltige Arbeit mit dem Wurfeisen, um einen Ball über eine Karawane zu heben, ohne ihn zu treffen ein Kamel oder das Töten eines Arabers, das kann ich Ihnen sagen. Schließlich bin ich mir sicher, dass ich keine gefährlichere Gefahr für einen

Golfspieler – oder für irgendjemanden anderen – kenne als einen wirklich hungrigen afrikanischen Löwen auf der Suche nach Frühstück, besonders wenn man ihn am entferntesten Loch trifft von zu Hause weg und muss eine Entfernung von drei bis vier Meilen zwischen sich und der Hilfe haben, ohne dass er einen Revolver oder eine andere Waffe zur Hand hat. Für mich ist das schon gefährlich genug, und ich musste mein Bestes geben, um es zu umgehen."

„Du warst immer stark darin, frech zu lügen", sagte Ananias.

„Vielen Dank", sagte Herr Münchhausen. „Es gibt wenige Lügen, die ich nicht umgehen kann. Aber an diesem Morgen spielte ich um die Mittelafrikanische Meisterschaft. Ich kam hervorragend zurecht. Mein Rekord für fünfzehn Löcher lag bei etwa siebenhundertdreiundachtzig Schlägen, und ich schmeichelte mir, dass ich dabei war, die beste Karte abzugeben, die es je in einem Medaillenwettbewerb in ganz Afrika gegeben hatte. Mein Drive vom sechzehnten Abschlag war eine schlichte Schönheit. Ich dachte, der Ball würde nie aufhören, ich habe ihn mit einem so gewaltigen Schlag getroffen. Es hatte einen Flug von dreihundertzweiundachtzig Yards und eine Rollbewegung von einhundertzwanzig weiteren Yards, und als es schließlich anhielt, landete es in einer mächtig guten Lage auf einem natürlichen Abschlag, den der Wind aufgewirbelt hatte. Als ich den Affen rief, der als mein Caddy fungierte – wir benutzten in Afrika immer Affen als Caddy, und sie waren ein großer Erfolg, weil sie nicht sprechen und ihren Schwanz als eine Art zusätzliche Hand benutzen –, holte ich meinen Brassey hervor Beim zweiten Schlag nahm ich meinen Stand auf dem verhärteten Sand ein, schwang meinen Schläger zurück, richtete meinen Blick auf den Ball und wollte gerade weitermachen, als ich ein Geräusch hörte, das mir das Herz bis zum Hals schickte, als mein Caddie zurück zum Ziel galoppierte Clubhaus, und meine Zähne klapperten wie ein Paar Kastagnetten. Es war unverkennbar, dieses Geräusch. Wenn ein hungriger Löwe brüllt, weiß man sofort, was es ist, wenn man es hört, besonders wenn man es schon einmal gehört hat. Es klingt nicht im Geringsten wie das Miauen einer Katze; Es erinnert auch nicht an das Grollen der Artillerie in einer angrenzenden Straße. Man kann es nicht mit fernem Donner verwechseln, wie einige Autoren glauben machen wollen. Es hat nichts von der sanft-traurigen Qualität, die das Rauschen des Windes durch die blattlosen Zweige des Herbstwaldes charakterisiert und mit dem ein Dichter es vergleichen könnte; Es ist nur ein einfaches Löwengebrüll und sonst nichts, und wenn man es hört, weiß man es. Der Mann, der es mit fernem Donner verwechselt, könnte genauso gut auf der Stelle vom Blitz getroffen werden, trotz aller Chancen, ihm letztendlich zu entkommen. Der Dichter, der es mit der sanften, rauschenden Brise verwechselt, wird nie mehr davon erzählen können. Er wird für seine Dummheit aufgefressen. Es ist nicht erforderlich, dass ein

Daniel vor Gericht kommt, um das Brüllen eines Löwen auf den ersten Blick zu erkennen.

„Ich wäre an diesem Morgen selbst umgekommen, wenn ich nicht sofort gewusst hätte, was die Ursache der Störung war. Meine Nerven ließen mich jedoch nicht im Stich, so verängstigt ich auch war. Ich unterbrach mein Spiel und schaute über den Sand in die Richtung, aus der das Brüllen kam, und da stand er, ein perfektes Bild von Majestät, und ein Riese unter Löwen, der mich kritisch beäugte, als würde er sagen: „Das ist Glück, hier ist Glück.“ Frühstück wie für einen König!' aber er rechnete ohne seinen Gastgeber. Ich war nicht in der Stimmung, bedient zu werden, um seinen Heißhunger zu stillen, und beschloss sofort, zu bleiben und zu kämpfen. Ich bin ein guter Läufer, Ananias, aber ich kann einen Löwen in einem Drei-Meilen-Sprint auf sandigem Boden nicht schlagen, also musste ich kämpfen. Die Frage war wie. Mein Caddy war weg, die einzigen Waffen, die ich bei mir hatte, waren mein Brassey und dieser eine kleine Guttaperchaball, aber dank meines Golfspiels reichten sie aus.

„Ich berechnete sorgfältig die Entfernung, in der sich das riesige Biest befand, ging mit ungewöhnlicher Vorsicht auf den Ball zu, zielte leicht nach links, um meine Neigung zum Slice zu überwinden, und trieb den Ball direkt durch das Herz des Löwen, als er sich auf seinen Hinterbeinen bereitstellte auf mich springen. Es war ein großartiger Schlag und keinen Moment zu früh, denn gerade als der Ball ihn traf, sprang er nach vorne, und als er landete, war er nur einen halben Meter von der Stelle entfernt, an der ich stand, aber ich bin glücklich, sagen zu können, tot.

„Es war in der Tat ein knappes Entkommen, und es hat meine Nerven aufs Äußerste beansprucht, aber ich habe den Ball herausgeholt und mein Spiel nach kurzer Zeit wieder aufgenommen, wobei ich zwischenzeitlich den glücklichen Schlag zu meinem Punktestand hinzugefügt habe. Aber ich habe das Spiel verloren – nicht, weil ich die Nerven verloren hätte, denn das habe ich nicht getan, sondern weil ich mich vom Herzen des Löwen erholt habe. Das Komitee disqualifizierte mich, weil ich nicht nach meiner Lüge gespielt hatte, und der Pokal ging an meinen Konkurrenten. Ich war jedoch zufrieden, mit dem Leben davongekommen zu sein. Ich wäre jeden Tag lieber ein lebender Zweiter als ein toter Champion.“

„Eine wundervolle Erfahrung“, sagte Ananias. „Absolut wunderbar. Ich habe noch nie von einem vergleichbaren Schlaganfall gehört.“

„Du bist zu bescheiden, Ananias“, sagte Herr Münchhausen trocken. „Um die Hälfte zu bescheiden. Sie und Saphira halten dafür den Rekord, wissen Sie.“

„Ich habe die Episode vergessen“, sagte Ananias.

„Haben Sie und sie Ihr letztes Loch nicht mit einem einzigen Schlag geschafft?" forderte Münchhausen mit einem inneren Lachen.

„Oh ja", sagte Ananias grimmig, als er sich an den Vorfall erinnerte. „Aber Sie wissen, dass wir nicht mehr gewonnen haben als Sie."

„Oh, nicht wahr?" fragte Münchhausen.

„Nein", antwortete Ananias. „Du vergisst, dass Sapphira und ich im Ziel zwei Rückstände hatten."

Und Herr Münchhausen spielte den Rest des Spiels schweigend. Ananias hatte endlich das Beste aus ihm herausgeholt.

9 789359 945811